为了人与书的相遇

目录

卷二

卷三

卷四

序

1

教书的那段日子，当过幼童军领袖，星期六下午，小狼聚会，游戏的项目之一，是“传递信息”。二十四名幼童军，共分四队，每队六人，由领袖召集队长，发布一则信息，然后由队长回去一个一个通传。结果，传到最后一名队员，回来向领袖复述信息内容，照例和原来的意思相差甚远，不但错漏百出，甚至和原意完全相反；四队的复述彼此又不相同。这是传声筒与信息之间错综复杂的关系。

广义而言，孔门弟子与希哲柏拉图都是传声筒。翻看过德里达的《明信片》，一开始就论述一张明信片，图中的苏格拉底坐在斜板书桌前的椅上书写，椅背站着他的学生柏拉图。老师右手提笔蘸墨水，左手提刻刀；学生呢，左右二手都伸出食指作指示的手势。据我们所知，苏格拉底一生并无著述，关于这位哲人的言论思想，均由柏拉图叙说，遂有文艺对话记录中苏格拉底的言谈。问题就在这里了，文字能够表达口语或思想全部准确的意思？到底记录下来的论述，其中有多少是老师的，又有多少是学生的？这才有了关系颠倒的想法：是学生柏拉图的文字创造了苏格拉底老师。可是我们从不怀疑《论语》和《孟子》的绝对真实。

巴加斯 · 略萨［巴尔加斯 · 略萨（Mario Vargas Llosa）］[1] 小说《说书人》［《叙事人》（*El Hablador*）］中的主角，掌握了族人之间的信息和先辈的传说，行走于偏僻的丛林山区，把这些资料一一传递。他本来只是信息的传达者，渐渐就变成

1 方括号内为大陆译名，后同。——编者注

说书人，讲的也许是真实的历史，或者是虚构的故事。传声筒传出的，往往不是原始的那些信息。不同的传声筒有不同的声音，或者过于响亮，或者过于微弱，或者模糊不清，甚至逆转最初的含意。对于一本小说，担当传声筒的转述者，到底是捍卫，还是出卖了作者？

叙说一本小说和翻译一本小说，同样担当了传声筒的角色，所不同的是，翻译所受的束律更为严峻。叙述只提供说者个人选择的角度，而翻译，根本并不容译者自由参与。前者尚有许多活动的空间，读者可以接受叙说者的讲述方法；后者则必须隐退背后，自我完全消失。对于翻译，必须认清的目标应该是：对作品付与第一等忠诚。而叙说呢？

2

如何毒哑文学中的夜莺？答案是通过翻译。我说的文学中的夜莺，是诗。若说蝴蝶是文学中的散文，则夜莺是文学中的诗；前者擅于飞行，后者擅于吟唱。有些诗，的确是无标题的纯粹音乐，仿佛莫扎特那些奏鸣曲。有一个时期，我特别喜爱古诗，比如说《诗经》，朗读一遍，总记得那些来来回回，预期重复显现的音律。当然，后来，诗中的平仄、韵律都不见了，只剩下若隐若现的内在抑扬，在形式上，也近似散文的分行。没有了格律与数学般准确的载体，诗看来易写多了，自由多了，其实是更困难，更不自由。因为有了规范，可以采用填充的方式，最不济事的文字有了形式的支架，好歹看来就是诗了。而现代诗，如何让人相信，一行行自由组合排列的文字，泰半读不出什么音律来的文字是诗？诗人无疑面对更大的挑战。

喜爱诗的读者，当然会遇上无数翻译的诗。荷马的《奥德赛》，但丁的《神曲》，我总觉得，即使极好的翻译，仍无法引领我们进入诗人丰沃的天地。即使读阿瑟·韦利英译的《诗经》，只觉得面对遭毒哑了的夜莺。反而是音韵不强的现代诗，译后读读，虽觉无可奈何，却没有那么伤心。当然，读诗最好的方法是读原著，最适当的态度是学习他人的语文。可是，即使努力穷尽一生研习他人之语，也不免是三语、四语、五语的文盲。就算那位了不起的读者博赫斯［博尔赫斯（Jorge Luis Borges）］，他也只能透过翻译读李白。因此，诗纵不可译，仍不得不继续译下去，看到哑掉了的夜莺，总比完全没有见到的好。

博赫斯当年学习德文的方法，绝不从字母文法开始，而是翻开海涅的诗集，加上一本德文字典。我想，这其实正是阅读域外诗的方法。阅读法文的诗，打开法文字典，阅读西班牙的诗，打开西班牙文的字典，面对翻译的诗，也应该这样。事实上，经过翻译的诗，更应该和原作对读。即使哑了的夜莺，至少是真实的，不是柏拉图指斥的模仿，也不会变成“这不是一只烟斗”。

吸二手烟的人可能染上疾病，这是边缘人的不幸。所以，如今我们才有“禁烟区”的活动空间。读二手诗，肉体上不致有危险，可是，诗人却被魔咒变成化石了，这是中心的不幸。打开一册从英文译过来的土耳其诗集，我不禁要想，我伸出去的手，触到的是诗人的头发，是诗人头发上束着的丝带，还是丝带上的灰尘？世界上有那么多婉转悦耳的夜莺，希腊的夜莺，波斯的夜莺，因为我们是聋子才使它们成为哑巴。这是人类的悲哀。也许是这样，我们才以音乐与美术，来抚慰创伤。

3

早几个月，要进医院做手术，住了一个星期，一直读着《史堤芬·鹤金士的宇宙》[《霍金的宇宙》(*Stephen Hawking's Universe*)]，更觉生命渺小。医院是与生老病死最接近的地方。宇宙中的星辰为什么不是生物呢？宇宙星辰也有它的生老病死，从大爆炸到大爆炸，轰轰烈烈，各有各的灿烂，造就许多星云、彗星、陨石和星际物质。星辰既会运行，又能繁殖，黑洞还会吞食，和动物有何分别？宇宙是生物，也许是我对宇宙的误读。

住院期间，重读杨牧散文。这次，惊识的不是杜秋娘与金缕衣，而是：宇宙(universe)是一行诗(uni verse)——他证明，大凡误读也可通过引述转为美丽。那么，莎士比亚是挥矛(shake speare)的土著？笔的确是利器。歌德是哥特式(gothic)建筑的大教堂，住着魔鬼是不奇的。或者，我们会更喜爱艾可[艾柯(Umberto Eco)]，因为他最环保(eco)；而格拉斯，因为他是草（grass），蜗牛在草地上写日记，长不大的孩子在草地上敲锡鼓。至于略萨（Llosa），我把他当驼羊（llama）。记得在教育学院上课时，导师教我们引起动机的方法，比如教巴拉圭，那就说，爸爸拉着乌龟。我总觉得，济慈不但是诗人，而且是医生，悬壶济世，慈悲为怀。

苏珊·桑塔格有一著作《反例释》[《反对阐释》（*Against Interpretation*]，大概是反对读书人、评论者把作品误解误读。我如今不完全同意她的看法。误读不断产生新的趣味和意义，各人有各人的误读，每一个人都从原作中创造自己的宇宙。诗评家布鲁姆更进一步，写出《影响的焦虑》，肯定误读，认为今人的诗是对过去诗人有意或无意的误读，正是误读，才能建立一己的形象。艺术史家贡布里希指出我们如何误读图像。古典的建筑因人类视觉的偏差，而要调整立柱的间距尺度；中世纪的画作也因眼睛的误读发展出焦点透视的构图法，并且策划色彩的陪配。宇宙熊熊炽热的火团，因误读而变成使夜空灿烂的星辰；我们误读光线的折射，才看见海市蜃楼。传声筒都是误读者吧，他们把原来的声音、文字、符号膨胀、收缩、遗漏、扭曲、变形，可也提供了想象的能量。

昨天和朋友聚餐，把一个G字母为首的字读为grouper，以为是石斑，菜端上来一看，不是鱼，却是贝壳形意大利粉。朋友聚会，常常因误读信息，走错了相约的地方，人生就充满歧义的多样可能，永远有新奇。我是愈来愈喜欢误读了，庄子很早就误读梦与蝴蝶。打开一本书，有什么比误读更充满参与的感觉？祝误读愉快。

一九九五年八月

【卷一】

等待原始人

在原始人生活的土地上，外来者建立了庞大的帝国，把原始人赶到天涯海角。原始人，在一般人的眼中，是野蛮人。

帝国边区的一座小市镇，一向平静无事，住着帝国的子民和边区的捕鱼人。当地只有一位地方行政官，打理小镇上一切的业务，身兼数职，也是当地的法官。法官在小镇上已经任职数十年，工作悠闲，有空就到处走走，到原始人的遗迹去捡拾碎木片，就像人们搜集邮票。

不过，小镇不再平静了，据说野蛮人要回来夺取他们的土地，所以，帝国京城派了部队来，准备迎击。特派员不久就到了，不过，野蛮人在哪里呢？根本没有人见到野蛮人的影子。要继续驱赶野蛮人，必须找到野蛮人才行。京城派来的兵士，到镇上各处，里里外外执行任务去了，果然带回来一些人。小镇法官一看，怎么搞的，竟把边区的捕鱼人抓回来了。但如今小镇法官没有办法管理，特派员掌握了政权，抓回来的人也都由他审讯。

公堂的后院变成监狱了，被捕的人都囚禁在里面。法官不知道审讯进行得怎样，只听到传来惨叫声，不久就有人死去。特派员继续搜捕一批批的人，男女老幼都有，审来审去，也没审出野蛮人来。

一批批抓回来的人，大都是边区的渔民、生活困苦的赤贫者，挤在后院里，由法院的厨房供应他们食物，既有面包，又有果酱，人人不用工作，倒是一件好事。于是他们坐在阳光下面捉蚤子、睡懒觉，把地方弄得肮脏不堪。结果，既然查不出什么野蛮人，就把他们都放走了。

被抓回来的人都放走了，只有一名女子，不知道是因为赶不上离镇的大队，还是别的原因，却留了下来，一连几天，都在镇上行乞，小镇法官终于发现她，把她带回家里。女子受了伤，双足几乎折断，肿得不能站立，于是法官细心为她治疗，每天为她洗脚，搽药，把她医好了。

这女子是原始人。她和父亲一起被捕，父亲被折磨死了，而她则遍体鳞伤，眼睛也给弄瞎了，看不清楚东西。她说她还有姊姊，在原始人的部落里。于是，小镇法官决定把她送回部族，冒着最恶劣的大风雪天气起程，因为只有在这种日子，人们才可以找到原始人的踪迹。

原始人本来是这个地方的主人，不过，如今他们被驱逐，遭排挤，深入沙漠，藏匿遥远的山岭，不容易见到了。特派员的兵士一队一队出去搜索，每一次都失败回来，但法官相信，在最坏的天气里，离小镇更远的地方，就会遇上他们。

其实，原始人也并非找不到，问题是他们是否愿意露面。对于某些人，他们行踪飘忽，时隐时现；对于另外一些人，他们却迎面而来，或者在背后埋伏，一切全由他们做主。小镇法官经过困苦跋涉，终于遇上原始人了，他们是一队人。表面上看，仿佛是小镇法官找到他们的，其实他们早就发现了雪地上几个人的踪迹，隐隐地监视着。

原始人都佩戴枪支、骑着马。在一般人的心目中，原始人是些懒惰、不道德、污浊、愚蠢的野蛮人，但是小镇法官看见他们仿佛一支强劲的军队，不容忽视。他想起这些日子里小镇上的传言：野蛮人要终止帝国在他们的土地上扩张，他们要夺回属于他们的土地，他们将给人们一个教训，让其他的人尊敬他们。

没有人懂得原始人的语言，小镇法官通过女子的传译，把她交还，让他们带她回部落。当法官回到小镇，却立刻被拘捕，关在后院。小镇已由军人执政，认为法官是野蛮人的间谍。被囚禁的法官变成犯人了，但没有人来审讯，他也不知道外面的情况，直到有一天，他逃了出来，竟发现小镇的军队和居民都急急忙忙离去，因为野蛮人要来了。

帝国派来的军队为什么没能把野蛮人赶走，反而撤退了？特派员临走的时候说：根本找不到野蛮人。的确没有人能够找到野蛮人，因为他们从不正面迎战，但他们无处不在，成为威胁。当军队前去扫荡，却又一个不见。

原始人破坏了小镇的供水系统和河道，于是，沙漠上的小镇面临冰封冬季，没有粮食，农作物不能生长，所有的人将无法生存。于是，小镇上的居民一批一批迅速离去，他们相信，野蛮人不久就会回来，夺回他们的土地。

小镇法官回到家里，他是这个地方的行政官，他该好好地把小镇的历史记录下来吗？就说，没有人能接受这样的事实：帝国军队会被一群手持弓箭和生锈的枪的人所歼灭，而那些人不过住在帐幕里，从不洗澡，又不能读书写字。

《等待野蛮人》是南非小说家吉·姆·科依济［J.M. 库切（John Maxwell Coetzee）］的小说，一九八〇年出版，小说中虚构的南非帝国被一个原始部落击败，意义深远。科依济一九四〇年出生于南非好望角，曾在南非及美国读书，现任好望角大学文学教授。

百多页纸的一本小说，《等待野蛮人》（*Waiting For The Barbarians*）不是一本叫人感动的小说，而是一本叫人思考的书。关于南非，的确有许多问题值得人们仔细思考。科依济的作品，主要是针对种族歧视、社会腐败、压抑与自由而言。

一九八六年三月

迈可K的生活与时代

科依济一九八三年出版的小说，写的仍是南非背景的人事。《迈可K的生活与时代》[《迈克尔·K的生活和时代》(*Life and Times of Michael K*)]，主角是一个叫做迈可K的小人物。

迈可K住在好望角，总算有一份工作可以糊口，他是园丁。他有一位年老的母亲，一直为别人当女仆，因为年纪大，工作又繁重，所以病了，就想回到故乡去。于是，迈可K辞退了工作，决定和母亲离开好望角，回返故园。他们向政府申请通行证，经过许多日子，没有下文，迈可K只好自己造一辆手推车，让母亲坐在上面，推她上路。起初，他们选择一条比较近的道路，不过，到了关卡，因为没有通行证，只好折回来。第二次，他们走的是一条偏僻艰难的路，天气又坏又冷，还得在路上过夜，母亲的病更重了，只能躺在小车上。

路途遥远而曲折，又要避过关卡，到了半路上，母亲的病况转劣，迈可 K 不得不把她送进医院去，而他自己，无处投宿，像乞丐一般睡在后巷里。母亲在医院中逝世，他最后去看她，只收到一盒骨灰和一些遗物。迈可 K 就带着骨灰盒子继续上路，这个时候，他心目中仍有一个目的地：故乡。

这是战争的时代，兵荒马乱的时代，到处都是流寇、逃兵和难民，许多人找不到工作。本来，当园丁的迈可 K 比更多的人幸运，可是如今，他再也找不到工作了，而且，他没有居留证，只得过藏匿的生活。经过长途跋涉，像一头瘦狗一般，他终于回到故乡来了，但这个地方已经是一片废墟。

把母亲的骨灰带回了故乡，自己何去何从呢？迈可 K 就在废墟的农田留下来，过最原始的生活。然而有一天，废墟的主人之一回来了，一名也到这个地方来藏匿的逃兵。于是，迈可K避居到山中去。流浪汉要躲起来其实也不易，首先，荒僻的地方并无粮食，其次，每一个角落都有军人，在搜捕逃兵和游击队。

迈可K并不能避开其他的人，终于有一次，他被带回安置营，在营里，他可以分配到一个床位，但没有食物，难民必须参加苦役来赚钱购买口粮。安置营虽然供给栖息的床铺，可是人们没有自由，这是迈可K不能容忍的事，于是他逃出来，回到山中去生活。

在偏僻的山间，迈可K在地上挖个洞穴居住，起初只吃昆虫和草根，后来找到一些种子才种起南瓜来。种植还得偷偷进行，因为青绿的叶子和金黄的南瓜容易惹起外界的注意。迈可K如今变成原始人了，过着远离尘世的生活，身体虽然异常衰弱，可人是自由的。可惜，他的自由世界又遭到破坏，人们又发现了他，还认为他必定和游击队有联系，否则，一个人绝不可能在山间生活。

迈可K被送到治疗营的医院时，已经是个垂死的人了，人们努力要恢复他的健康，喂他吃东西，但他拒绝了。他不肯吃集中营的食物，又拔掉加在他身上的喂管。医院的人认为他实在活不久了。不过，有一天，人们发现，迈可 K 竟不见了，他又从这个地方逃走了。

《迈可 K 的生活与时代》，是一部需要耐心阅读的小说，既没有曲折的故事，也没有高潮起伏的片段，整部书只由作者平静地讲述主角如何流浪，过着最卑微的生活。小说的第一部分一百二十六页，是迈可 K 的主要流浪史，第二部分由医院中一名工作者自述，讲他如何救治迈可 K 这个垂死的人，以及他们之间的谈话。第三部分短短十四页，则回到第一部分的叙述式，描写迈可 K 从医院中逃了出来，辗转流徙，他并没有死去，还回到好望角。好望角，是充满希望的角落吗？迈可 K 又自由了，即使在最恶劣的环境之中，他觉得，只要他是自由的，他就可以活下去。

回到好望角的迈可 K 想起过往的一连串经历，他觉得，他像一条蚯蚓，而蚯蚓，难道不就是园丁吗？泥土，才是最适合园丁生活的地方。他感到遗憾的是，回到好望角来，却没有各式各样的种子。他应该每个口袋装满瓜果的种子，除了南瓜的种子外，该有豆子、萝卜、洋葱、番茄、菠菜等等的种子。而且，他现在似乎也明白一个道理了，当他在山间生活的时候，只有南瓜种子，又只懂得种在一块地方，不，种子不应该播在一处。如今，他明白了，作为一个园丁，他该有许多不同的种子，分别播种在许多土地上，并且，该按不同的时间种植。既然他有时间做一件事，他就有时间做所有的事。

医院中的工作人员起先并不明白迈可 K 为什么拒绝他们的好意，为他疗养，给他食物，然后，渐渐地，其中一人终于明白：这个人渴求的是自由，而非施舍。世界上愈来愈多集中营了，人们以为这些集中营可以把需要救助的人集中起来，可是，有多少人愿意接受？进入集中营的，几乎全是被强迫的一群，他们没有权利选择，没有离去的自由，而这，正是迈可 K 拒绝的恩惠。他的自由世界辽阔，远达地图以外的地方。

一九八六年三月

圣烟

吉列尔莫·卡夫雷拉·因方特［吉列尔莫·卡布雷拉·因方特（Guillermo Cabrera Infante）］是古巴作家，著名的小说有《三头忧伤的老虎》（英译《三头被困的老虎》）和《因方特的炼狱》。最近，他出版了一本新作，却不是小说，而是专讲雪茄，名叫《圣烟》（*Holy Smoke*）。

《圣烟》比较特别的地方有两点：首先，卡夫雷拉·因方特是古巴人，又喜欢吸雪茄，由他来讲家乡的土产，资料真实详尽，使人对雪茄了解更深；其次，作者以往一直用西班牙文写作，这一本新作却用英文，行文流利，全书充满文字趣味。难怪苏珊·桑塔格说：真奇怪，如今似乎人人能用多过一种语言来写出色的散文让我们惊讶。像纳博可夫、贝克特，以及卡夫雷拉·因方特。

说起来，关于南美的一切，似乎都该由哥伦布说起，吸烟也不例外。话说一四九二年十月十一日晚上十时，哥伦布在“圣泰玛利亚”[圣玛利亚]号的甲板上，看见前面有亮光。他到了美洲。哥伦布到新大陆的目的是黄金（钱可以使地球团团转，也可以使你绕着地球团团转），可惜，他并不知道，烟草就是黄金。哥伦布派了罗德里戈·地[罗德里戈·德]赫雷斯到内陆探察，结果，回来的报告是发现了烟囱人。许多许多年以后，烟草就由南美传遍欧洲。

哥伦布不喜欢吸烟，可是罗德里戈却爱上了烟草，回到了西班牙，成了烟民。妻子发现他躲在房间里吸烟，以为他中了邪，还去告发他，结果，这个可怜的人被判死刑，绑在柱上，烧成了一支大雪茄。

卡夫雷拉·因方特一九二九年在古巴希花拉[吉希拉(Gibara)]诞生，希花拉正是当年哥伦布第一次见到“步行的烟囱”的地方，也是盛产香蕉和甘蔗的地方。卡夫雷拉·因方特的曾祖父是西班牙人，原居西班牙，十九世纪时到古巴来打游击队，当时是古巴第一次独立战争，后来娶妻生子，在古巴定居。夫妇都喜欢吸烟，丈夫活到一百零三岁，妻子也活到九十一。不过，他们的子女都不吸烟。

作者的父母不吸烟，所以，《圣烟》的扉页上写着：献给八十四岁还不曾吸烟的父亲。不知如何，作者很小的时候就吸烟了，用一页记事簿的纸包着一些印第安人的干树叶，气味和滋味都极差，可实验成功，因为有烟出现了。结果是挨了父亲四十下板子。

夏湾拿［哈瓦那（La Habana）］产烟叶，叶子种类繁多，颜色不同，有一些叶子在种植时要由干酪包布盖罩，过滤太猛烈的阳光。对于喜爱雪茄的人来说，抽雪茄是吸烟草，抽香烟只是吸纸。雪茄的构成全部是烟草，外层是整片的烟叶，里层是碎叶，烟叶必需完好无瑕，从树上摘下来，要经过发酵，才出烟味。有些烟叶需要半年至一年的发酵期，有的要十八个月，甚至三年。

卷雪茄是高度的手艺，一名技师一日约可卷三十支，后来利用机器操作，每分钟的产量高达三千，但最好的雪茄仍然是人手制成。一间烟厂内通常有数百名卷烟工人一起工作，按照传统，工人出钱请一名说书人在场读书，一日三次。早上，说书人多数读报纸的新闻，下午则有两次读小说，每次九十分钟。当时的热门作品是《钟楼驼侠》[《巴黎圣母院》]和《悲惨世界》。十九世纪中叶，古巴的监狱也有读书的习俗，每日由一名囚犯给其他的囚犯读小说，读得最多的正是《悲惨世界》。卡斯特罗上场后，雪茄工场内禁止朗读《双城记》，因为主角缺乏革命意识。

沙特[萨特（Jean-Paul Sartre）]于一九六〇年访问古巴，之后，卡斯特罗每年送他一盒夏湾拿斯[哈瓦那雪茄]。到了一九六八年，沙特因卡斯特罗支持苏联入侵捷克，拒收古巴礼物。那时，驻法国的古巴文化大使是小说家卡彭铁尔，把著名的雪茄送去给沙特，这位《存在与虚无》的作者，选择了虚无。

卡夫雷拉·因方特是影评人，看过无数电影，《圣烟》可以说也是一本关于“电影与烟”的书，除了对烟的鉴别、吸法、处理等等内行的看法外，作者还以电影为例，讲了许多雪茄、烟斗和纸烟的趣事。比如奇连伊士活[克林特·伊斯特伍德（Clint Eastwood）]，他扮演独行侠，老是咬着雪茄，作者就说，他咬的是意大利托斯肯诺[托斯卡纳(Tuscany)]烟，正确的方法，该把烟一切为二来吸才对。又比如电影里常常有一名女子，拿起一支雪茄放在耳边转转。这一动作，真是胡搅，他说，雪茄可以辨颜色、闻气味，至于听，那是什么也听不出来的。

雪茄最好藏在冰箱里。雪茄不该当香烟一般到处分派，也不该为生孩子送给别人。每天吸一支雪茄就够了，不该一面吸一面看电视。最初想出放雪茄方法的人，是把一个香槟瓶塞放在碟子中央。戴维朵夫[大卫杜夫(Davidoff)]的雪茄还不错，他们在古巴设有工厂，可改坏了名字，因为都是法国的酒名。关于雪茄、烟斗和纸烟，卡布雷拉的确讲了很多有趣的事，还包括吸血僵尸、科学怪人、福尔摩斯、王尔德、鲁滨逊等等，全书最后的一百多页，引的全是文学作品中提到烟的段落。

唉唉，烟有百般好处，可也后患无穷。看《圣烟》时，我想起德国小说家伯尔，他在战时吸烟成习，后来患上脉管炎，这毛病德文称为“烟腿”。伯尔因吸烟失去五个脚趾，并安接了人造静脉。去年“烟腿”复发不治，我们就失去伯尔了。

一九八六年四月

快乐的结局

说到快乐的结局，倒想起一篇小说来了，是意大利乔凡尼·赛拉蒂（名字的原文找不到，因为书本不见了）写的《讲故事的人对快乐结局的想法》。

有位药剂师，把儿子送到外国去读书。父亲离世后，儿子回乡打理药房的业务。乡下地方，小小的事情不久就街知巷闻，传说这位外国留学回来的青年懂得十二种语言，家里有一个巨大的图书馆，正着手把《神曲》译为德文。

当地的奶酪厂老板一听到消息，就决定聘请这么有学问的人来当自己女儿的补习教师。她在学校里的成绩差极了，只喜欢运动，不喜欢书本、拉丁文和优美的意大利散文。年轻药剂师当上了补习老师，不是为钱，而是觉得助人求学向上是一件值得做的事。整个夏天，就去给女学生补习。

巧得很，女学生爱上了老师，把一切运动都抛到脑后，开始写诗，并且，写信。学校里的修女在冬日的一天，捧了一盒女学生的情书交到她父亲面前，奶酪店老板对情书的内容极度不满，决定要毁掉药剂师的前途，并且把他赶出村子。

女学生的哥哥们打了青年一顿，又去捣乱了药房。青年人倒一点也不介意，继续在破店铺里给人看病，直到有一天，他关上铺子，退隐到自己的图书室里，从此，几乎再也没有离开过房子。村子里的人都知道他在用功，因为偶然可以看见他到邮局去提取寄到的新书。

不久，他进过医院，又入过疗养院许多年，没有人知道他怎样了；只知他老了，瘦得像草耙，不肯吃东西，埋在书堆中。他已经不认识任何人了，甚至是乳酪店老板的女儿，但他和每个人微笑打招呼，甚至脱帽对狗致意。

这些年来，他所做的工作，是把所有的文学作品，凡是悲剧收场的，都改写成快乐的结局。最后改的，是《包法利夫人》的第八章，爱玛回到丈夫身边，团圆结局。

一九八七年二月

黑洞和白洞

去看《铁甲小灵精》，电影里的小灵精吃了许多铁，又要吃电，这使我想起一篇小说来，名字叫做《O》，作者是苏联的诗人安德烈·沃兹涅先斯基，中译发表在一九八七年第二期的《世界文学》上。

"O"是什么东西呢？可以把它当作英文字母，可以把它当作阿拉伯数目字的零，也可以把它当作一个圆圈。在小说里，叙述者称它作黑洞。

有一天，晌午闷热，雷雨将临，我忘记把通风小窗关死，黑洞便趁机飞入我的房间——小说是这样子开头的。原来黑洞透过通风小窗跑进叙述者的家里去了。

黑洞是个圆形体，体积巨大，坐在房间的中央，上端顶弯了天花板，并把它拱开了。天花板于是出现了一条条裂纹，墙皮纷纷剥落。不过，不必太害怕，黑洞能缩小，房子就没有倾塌的危险了。

黑洞是女性，叙述者称它作她。她没有眼睛，目光从洞中透出来，茫茫无极限。她能“说话”，但没有发声的器官，她用的方法是传递思维。可她会叹息，弄出来的声音多少有一点像俄语的“哦”，所以，叙述者给她起个名字，叫O。

叙述者是一位作家，认识许多艺术家，其中有英国雕刻家亨利穆尔［亨利·摩尔］、西班牙画家毕加索、苏联弹唱诗人维索茨基等。黑洞跑到作家的家里，不肯离去，说她太寂寞了。作家没有办法，只好让她留下来。

黑洞原来是个十分驯服的大怪物，作家有时带她出外散步。她吃的是成块的能。她站在远处，把猫身上、思想家身上、汽车的蓄电池上的能都吸掉。有一次，她把莫斯科国营电站联合公司的电力全吸光了。

作家把黑洞称为“她”是有理由的，因为她有时就像泼妇一般爱发脾气。她任性、火气大，身上总是充满一种负电荷。她嫉妒人间生活，所以爱钻进电话中捣鬼，把不同的声音接到不同的话筒去。

她不是一个大洞，只是一个小洞，脱离了总体，迷了路。作家认为，黑洞是一团团浓缩的记忆和感情，绝不像人们所认为的是一种进入其他空间的通道，而黑——并非无光，黑暗是一种特殊的能。

她的到来，引致发生了类似日食的现象。母鸡乱叫、狗吠猫鸣。所有的瓶塞都飞走。于是有人寻找她，她却躲在床下，切断了身上的电流。

她能够自由跑来跑去，锁也锁不住，喜欢舐半导体电池上酸溜溜的电极，又喜欢和作家一起游戏。她有时是一个滚动的圆环，有时是一个深渊，有时是一个排球，有时是坚实的土地。

有时，黑洞要失踪好一阵子，不知跑到哪里去了。作家倒也十分想念她。因为她的形象真的无处不在：书本里满页珍珠般的“O”，一场雨的水珠，香槟酒冒上来的气泡，亨利 · 摩尔雕刻作品上的小洞，等等。想念她的时候，作家担心她会被别的天然力或磁场吞没了。

在小说中，“O”是一个媒体，不时唤醒作家的记忆。通过零星的记忆，作家描写了形形色色的他所熟悉的人物，从不同的角度，阐明他们的社会价值和自己的艺术观。

黑洞曾经自称“我是你们的毁灭了的文明”，既已毁灭，当然指的是过去。因此作家说：请你让我看看我的未来。她答：啊，那你应当认识一下白洞。

小说里面没有出现白洞，可是作者有他心目中白洞的样子。他认为白洞都是意志很强的人物，他们身上浓缩着成块的未来，他们不怀恋往昔，而是对未来充满向往。一般来说，他们是建设者、乐观主义者、为正义事业而奋斗的人。问题不在于天才的大小，而在于天才的质量。作者认为，勃洛克、肖邦是经典的黑洞；莎士比亚和爱因斯坦则是经典的白洞。

意大利的普里莫·莱维是化学家出身的小说家，小说中常常采用和化学有关的题材，譬如《元素周期表》，每一篇都以锌、镍、镭等元素来写；安德烈·沃兹涅先斯基（不知英译名，俄文字母我不会写。其中有三个 H、一个 3、三个镜子倒影的N和一个梯形般的符号）则是建筑学院毕业的诗人，他发表的长诗《工匠们》写的就是修建瓦西里·布拉仁大教堂的工匠们被弄瞎眼睛的传说。他的诗集的题目，也和建筑有关，如《镶嵌玻璃画》、《抛物线》、《三角梨》等。一九八三年，他和柴列捷里［采列捷利］合作，在莫斯科市格鲁吉亚大路上立起一座“语言纪念碑”。

安德烈·沃兹涅先斯基的《O》，使人联想起墨西哥诗人柏斯［帕斯（Octavio Paz）］的一个短篇小说《和浪一起的生活》：海滩上的一个浪跟着一个海浴者回家。这浪起初性格温和，后来老是发脾气，结果给送走了，做成了冰块。爱发脾气的浪是一个黑浪吧。

有刊物向安德烈·沃兹涅先斯基提问：古典文学与现代文学中哪些传统与您接近？他回答说：我不认为与文学前人接近会对作家有益，“近亲婚姻”将导致绝种。

“近亲婚姻”的问题，令我想起智利作家何塞·多诺索的《“文学爆炸”亲历记》，谈到六七十年代拉美作家震惊世界的“杰作”层出不穷，其中一个原因，就是因为在他们之前，拉美社会盛行的不是西班牙的传统经典，而是社会主义的写实作品，而且各个地区分割，地域主义森严。他们是一群文学孤儿,有的只是祖父辈。那时候，博赫斯也只是少数人认识的名字。他们不得不向欧美学习，例如沙特、福克纳、海明威，等等。他们没有包袱。过去我们对割断传统都一面倒地抱持否定的态度，沃兹涅先斯基的提法，令人深思。

他认为写诗的技巧如同建筑的技巧一样，已经达到了顶点，可以把一栋楼房建立在一个针头上。诗歌的未来是联想。他又说，诗人的共同点在于他们彼此不相似。天才是成群问世的。

一九八七年

玛依塔真事

1 绝食少年

他叫玛依塔。那是印第安人的名字。学校里印第安小孩极多，但大家唯一记得的名字只是玛依塔。他长着鬈曲的头发，肤色带点暗绿，脸部轮廓是典型的秘鲁人。他常常穿条短裤，套一件绿条子上衣，围一条围巾，上课时也不解下。

学校里的学生大都来自中下层家庭，玛依塔的母亲是产科医院的护士。从来没有人见过玛依塔的父亲，同学们认定他的父亲并不存在，可玛依塔说：父亲一直在外工作，他是工程师。中学第三年，玛依塔的母亲去世了，他就跟随姨母一起生活。

所有的人都以为玛依塔长大了一定会当神父，因为他有那么一种对穷苦人悲悯的感情；这种同情心，只有将来会当神职的人才有。学校附近的教堂前面老站着一名拉小提琴的盲乞丐，玛依塔见了就把休息时教士分派的面包和奶酪送给他。每逢星期一，送的食物更多，因为玛依塔把零用钱都买了食物。

穷人没有东西吃，玛依塔觉得自己的食物太多。于是，他决定午餐时只喝汤，晚餐时只吃一点面包，不久，因为身体衰弱被送进医院，成为学校里著名的绝食少年。

2 革命分子

绝食少年长大后并没有成为神父，而是出乎许多人意外的革命分子。同情贫苦，要为他们出力，只有改变整个社会的现状；而这，玛依塔认为不得不以行动来争取。

玛依塔苦苦研读不少有关革命的书，出席地下分子的演说会，结识志同道合的年轻人，出版刊物。他满腔热忱，充满信心，并非只是严肃的理想主义者。可是知识分子，也有自身的局限，他的第一次挫败，就是上荷哈城去的经验。

荷哈位于秘鲁山区，小小的火车挤满人，在山间一直往上爬着之字路，愈高空气愈稀薄。玛依塔没到山顶就无法适应高地的气候，呕吐起来，接着竟病倒了。此行的任务当然也无法完成。

玛依塔选择的道路遍布重重障碍，看似志同道合的人，原来各有主张；要达到同样的理想，又有许多不同的、以致互相排斥的方法，所以不久就分裂了。一般人的背后还有庞大的政治势力团体，只有玛依塔是赤手空拳的斗士。他对拯救贫苦的忠诚，不外成为他人利用的弱点。出污泥而不染的莲花，最终还是被许多脚踩扁了。

许多年过去了。有一个人到处找寻玛依塔，希望把他的经历写成一部小说，书名就叫《玛依塔真事》（*The Real Life of Alejandro Mayta*）。

3 结构花毯

阿历杭德罗 · 玛依塔在哪里？搜集资料的人到处找他：接触和他有关的朋友，访问他的亲属，到过他上的荷哈山城，进入囚禁过他许多岁月的监狱。转转折折，最后找到他了，原来他在利马高等住宅区的街上卖冰淇淋。

他对寻找他的人说：你搜集了那么多资料，比我认识自己还要多。回忆往事，他并不后悔；他说，革命者无悔，要忏悔的只是教徒。他不过对他深信的主义感到失望。他没有舍弃政治，是政治舍弃了他。

找寻玛依塔的人，是小说的叙述者。小说的作者是秘鲁小说家巴加斯 · 略萨。拉美小说描写革命的不少，像这样子写一个人对革命的失望，好像没有；是对革命的反思。

巴加斯 · 略萨以“结构写实”手法著名。这次同样以多角度、多声道的结构组织小说段落，叙述者以采访方式透过不同的人追溯玛依塔的身世。不同的场景，不同的对话，交织成一幅富丽的文字花毯。

上荷哈山城的一节（第五章），非常出色，叙述者与玛依塔的感觉溶叠为一了。荷哈山城，当然就是秘鲁的库斯科（那种上山的小火车，就像从嘉义上阿里山的交通工具，同样走“之”字路）。小说另有特色：以回溯为主，背景却是未来。

4 荷哈事件

没有人知道荷哈事件的真相。参加那次革命的人都到哪里去了？革命后来失败了。是被人出卖了还是没有足够的力量？只有玛依塔知道事情的始末。

一切都已准备好了，他们将在预定的日子起义。山地的农人会从山区赶来，在要塞部署，由一批学童担任联系。玛依塔按照计划，清晨六点就到了荷哈监狱外面，这是革命的第一步骤：先占领监狱。

玛依塔的朋友巴莱贺是一名少尉，在荷哈监狱任职，守卫都被他骗开了，甚至被他反锁起来。事情进行得非常顺利，胜利来得太容易。然而，接应的人一个也不见，担任联络的大孩子说所有的据点都没有自己人。

革命已经发动，无法后退，只好继续下去。玛依塔和巴莱贺分头占领了警署、民卫队以及电话公司，并把对外通讯的电线割断。参加这次的行动实际只得四个大人和七名学童。

革命分子太高兴了，他们在大街上巡行、到广场演说、劫掠银行、找寻交通工具，既没迅速朝山区撤退与盟友会合，又没有炸毁通往山区的桥道。终于失败。

后来，秘鲁爆发过几次革命，但没有人记得荷哈事件的成败，也没有人知道先驱者的名字。玛依塔并不后悔，在他，革命不是梦幻、空想、神秘、愤怒和浪漫的情怀，而是永无止境的循例程序，需要恒久的忍耐、勇敢与忠诚。

一九八八年一月

帕拉马里博鹦鹉

买了一件衬衫，因为上面画了一头鹦鹉，又写着南美洲的字样。南美洲的鹦鹉是多么吸引我的眼睛呀，这一阵子，脑子里就有那么些的鹦鹉在打转。

最最忘不了的，当然是福楼拜的鹦鹉，挺漂亮的，名叫露露，金喉蓝额绿身。福楼拜借用的鹦鹉还是书页中漂亮的彩鸟吗？我们却听到了另一头鹦鹉拍翼的声音，吵闹的喧鸣，从加西亚·马尔克斯的新作中飞起来。那么就打开《霍乱时期的爱情》吧，或者，书店中有另外一个版本，叫做《爱在瘟疫蔓延时》。

乌尔比诺医生家里养了一头鹦鹉，这家伙怎生相貌色彩，加西亚·马尔克斯没详细明说，只说它黄脑袋，黑舌头，是一只良种的、真正的帕拉马里博鹦鹉（帕拉马里博，我查过字典了，是苏里南首府。苏里南，我也查过《辞海》了，位于南美洲北部，介于圭亚那和法属圭亚那之间，北临大西洋，南同巴西为邻，面积十四点二八万平方公里，人口四十二万。十五世纪时，先后沦为西班牙、荷兰、英国殖民地。十九世纪时，再属荷兰，称荷属圭亚那。一九七五年独立，成为苏里南共和国）。

帕拉马里博鹦鹉很会说话，在医生家里生活了二十多年。医生以教育家的热情，勤奋地训练它，直到它能像大学教授一般讲地道的法文，用拉丁文为弥撒伴唱，并背诵一些《马太福音》的片段，又会唱歌。唱片听多了，能用女人的嗓音唱女士歌曲，用男高音唱男士歌曲。

鹦鹉很有性格。它那么出名，远地的贵客都慕名来求见，连共和国总统也带着全体内阁部长屈尊驾临，头戴大礼帽，身穿呢料大礼服。炎炎八月，整整三小时的访问中，鹦鹉始终不发一言，请求和威胁都无济于事。

医生总是亲自照料鹦鹉，吩咐在芒果树下搭个支架，放一个盛水的小碗和盛熟香蕉的容器，外带一个吊杆，供鹦鹉练走绳索的本事。多年以来，医生家人把鹦鹉的翅膀剪短，它就在园子里自由地踱来踱去。可有一次，它在厨房的横梁上兴致勃勃地做起了杂技员的动作，一下子掉进了木薯香蕉肉菜锅里，吱吱喳喳地呼叫求救。幸好厨娘用大汤勺把它舀了起来，热汤把羽毛都烫掉了，还是活了下来。于是把它关在笼子里。

这天是个极其重要的日子。本来不重要，因为鹦鹉，就变得重要得很。这天早晨，女仆来为鹦鹉剪翅膀，因为它的翅膀长得又太长了。笼子打开，它飞上芒果树冠上去，再也不肯下来。

女仆们花了三个小时还没把鹦鹉捉住，它在树上高呼扯淡的自由党万岁。这种胆大妄为的呼叫，近来已经使四五个幸福的醉汉送了命。乌尔比诺医生也没办法劝它下来，只好吩咐求助消防队（一见到消防队员出现，我就醒神了。我对消防队员和足球裁判员特别有兴趣，什么书里一写，定要一字不漏读个透）。

在乌尔比诺医生居住的地方，遇上火灾，就由志愿人员架起泥瓦匠的梯子，用水桶来泼水灭火。他们的秩序非常紊乱，以致造成的灾难比火灾更严重。事实上，新成立的消防队大概也没有什么分别。

由于公共福利社——乌尔比诺医生是这个团体的名誉主席——的募捐，地方上有了职业消防队和一辆配有警报器、警铃和两条高压水龙带的储水卡车。一切都是现代化的。消防员的工作当然不仅仅是灭火，他们要去拯救大雪之后冷僵在地牢里的孩子，把第十层楼阳台上的棺材运下地面，撬锁开门，杀死毒蛇，等等。把一头著名的鹦鹉从树上捉下来自然是义不容辞的责任，何况，那是乌尔比诺医生家的鹦鹉。

医生家里遭到的破坏，丝毫不亚于一场大火灾。水龙带把芒果树的叶子全打光了，激流从卧室的窗户射进去，家具和挂在墙上无辜的祖父母照片都遭了殃，露台和客厅的地板踩得到处是泥，还踩破了医生妻子费尔明娜最喜爱的土耳其地毯（费尔明娜才是小说的主角，医生不是）。

鹦鹉还是没有捉到。于是，乌尔比诺医生只好另想办法。于是，就发生了小说中最重要的一件事：期待已久的锲而不舍的爱情。这爱情的再生，就系在鹦鹉的翅膀上。

加西亚 · 马尔克斯的鹦鹉场景写得真好，到了这个时候，我们就知道作者为什么要花那么多的笔墨来描述一头秃毛的怪鹦鹉。

加西亚 · 马尔克斯并非没有告诉我们乌尔比诺医生的鹦鹉的颜色，他指出：它黄脑袋，黑舌头，这是跟曼格雷鹦鹉的唯一不同之处。曼格雷鹦鹉是怎样子的我并不知道，只知道那是即使用松节油栓剂也不能让它们学会说话的笨鸟。还是上图书馆去翻翻书本再说。

一九八八年四月

狗到巴黎吠

情人节那天，不知道有没有人打开一册《霍乱时期的爱情》;我却是碰上一册三月号的《虚荣市》[《名利场》]，里面有一篇加西亚·马尔克斯的访问记，地点在古巴。

古巴电影节已经是第九届了。在这期间，人们在卡彼里酒店的大堂瞥见那个敦敦实实近六十岁的加西亚·马尔克斯，胁下夹着报纸是不奇的。一年里面，他有半年在古巴居住，何况，他还是拉丁美洲新电影基金会的主席。

加西亚·马尔克斯住在古巴郊外一座地中海式的别墅里，是卡斯特罗招待这位老朋友的礼宾屋。别墅内有巨大的游泳池，室内有“摩登”的家具、沉闷的抽象画，房子带有过渡性质的气息，一切都像会瞬间消逝的样子。

作家新近荣升祖父。他的第二个孩子当了父亲，住在巴黎。作家的大儿子是哈佛毕业生，如今是电影制片，来问爸爸借钱，赌下恶咒说是一定清还。记者访问作家的时候，梅西迪斯一直不出现，这位女主人要到吃饭时才露面，咖啡都由女仆端上来。

社会主义的信徒没有理由一定要过贫困的生活。作家如今在故乡、巴黎和巴塞隆那［巴塞罗那］都有房子和寓所，可他觉得他虽有住所，却没在里面生活。他真正生活的地方是他储满唱片的所在地，即是：墨西哥。

《霍乱时期的爱情》已在美国出英译本，初版十万，作家真想到美国庆祝一番。不过，这许多年来，美国政府还是不批给他普通的旅游证件，因为他是卡斯特罗的朋友。这件事令作家起先觉得愤怒，现在却觉得有趣。在美国，加西亚·马尔克斯的作品最畅销，大学里研究分析得最出色，然而作者则不能入境居留。

他说，如果不让我入境，是由于我的思想太危险了，那么，为什么不禁我的作品呢？当我到美国去，也不外到纽约去买些书，买些唱片，看看电影、舞台剧，探访三数老朋友，根本没时间散布我的邪恶思想。而我的书则遍布美国每一角落。

每次从墨西哥前往欧洲，加西亚·马尔克斯经过纽约，只能停留四十八小时。趁这一点点时间，他就和哥伦比亚朋友上布隆明迪尔百货公司去。有一天，朋友和他一起到大门外拍个照，就在门口截住第一个路过的人帮忙，那是一名提着衣箱的金发女子。她从照相机的小镜框里看过去,突然说:你是加西亚·马尔克斯。她拍了照，打开衣箱,取出一册《百年孤寂》[《百年孤独》]。她认识他，读过他的作品，随身携带他的书，而这个国家却是作者无法居留的。

上美国领事馆申请入境护照时，职员总是说很喜欢他的小说，还请他签名留念，可是申请表格又退回了。加西亚·马尔克斯并非共产党，但他是卡斯特罗的朋友。许多人都奇怪，这位幽默、讽刺的作家为什么会和古巴大胡子成为好朋友。卡斯特罗二十年来的作为毫无创意，除了巴拉圭的史多斯纳[斯特罗斯纳]外，他是西半球执政时间最长的独裁者。秘鲁小说家巴加斯·略萨一九七一年出版的有关加西亚·马尔克斯的专书，就对他颇有微言，认为不该和囚禁作者、驱赶作家流亡国外的独裁者为友。

是什么使这两个人成为朋友的呢？作家自称是由于名誉的孤寂和权力的孤寂。两个人有空时一起去钓鱼，常常讨论书本。大胡子每天读书，多数是经济、政治和历史。十五年前，大胡子曾说，看文件看厌了。作家就说，可以看畅销的流行小说调剂一下，于是每次上古巴，行李箱内就带了书去。

大胡子是头夜鸟，晚上行车时，车内亮一盏小灯就看那些书。例如《吸血僵尸》，充满哥特式的战栗，写得极好，又有情色，和电影拍出来完全不同。作家就把那书在某个晚上深夜二时塞给大胡子，看得大胡子整夜没睡，第二天肿浮了眼。

加西亚·马尔克斯显然明白古巴根本不是拉丁美洲他们这一代期望的社会主义乐土。他认为当地的党报简直是废料。古巴的笑话说，古巴有三类电影：好电影、坏电影和苏联电影。当地的书店里都是没人要看的列宁的东西。年轻作者和一般市民无法找到海明威、福克纳，甚至加西亚·马尔克斯的作品。酒店大堂的售货亭可有海明威博物馆一日游的旅游广告。

古巴年轻作者无法出版自己的书，政府不准出版，那是一个原因。其次，由于美国的封禁，古巴也没有足够的纸张，结果就造成“文化的灾劫”。

作家和大胡子在一起时无所不谈，一次午餐时就复述了在苏联听到的笑话：一只苏联狗来到巴黎。法国狗认得那是苏联狗，就问它到巴黎来做什么。来享受美食，来这里的公园里小便，来和漂亮的法国女狗做爱吧。苏联狗说不，苏联也有美食，好公园和漂亮的女狗。那么，法国狗奇怪了，到底到巴黎来做什么呢？苏联狗回答：到巴黎来吠。

卡斯特罗的古巴，人们有说话的自由吗？大胡子当然读过《独裁者的秋天》[《族长的秋天》]，他会反省吗？文学作品可有令暴君觉悟的力量？加西亚·马尔克斯只说：我刚要告诉他该怎样治理古巴时，他就会告诉我该怎样写小说了。

一九八八年四月

爱情是瘟疫

《霍乱时期的爱情》，是加西亚 · 马尔克斯的新作，和以前他写的那些小说，很不同。比如说，题材上的选择竟是一则十九世纪式的浪漫爱情故事；手法上的处理，再也不是“魔幻写实”了。

作家说，他自己一直是浪漫派。在他生活的社会中，人们一旦不再年轻，就不大适宜发生浪漫的感情了。如今，作家年纪渐渐大了，却认为这些感情珍贵。

加西亚 · 马尔克斯生长在一个大家庭里，他的父母共有十二个孩子，父亲还没有结婚时就已经有了四个儿女。作家小时候由外祖父母抚养，直到八岁才跟父母，他四周的人都是浪漫的多。那么，为什么不写一个这样的小说呢？

就孕育了这样一个爱情故事，充满焦渴的热情、离家出走、荒诞的牺牲、诗篇、情书和眼泪。其实，这样的故事不必虚构，眼下就有最现成的，就是作家自己父母的故事。小时候，作家常常听到父母讲起他们的恋爱，觉得十分可笑。然而，作家六十岁了，故事已经不再可笑，反而显得庄严，非常美丽。

小说里面的女主角费尔明娜，正是作家母亲的投影，堂娜露易莎今年八十四岁。至于小说中的男主角阿里萨，十八岁时爱上了十三岁的费尔明娜，这个人也正是作家的父亲加夫列·艾利吉奥·加西亚的写照。作家的父亲和小说中的男主角都是电报发讯员，年轻的恋人由于家长的反对，被迫分开，女子被带到别的城镇，她的恋人一直通过电报和她联络，相爱更深。

乌尔比诺医生是小说中的另一个男角，这其实也有作家父亲的投影。老加西亚先生最初就想当医生，如果他在卡达坚纳［卡塔赫纳］大学修毕医学学位的话。事实上，小说的前半部不折不扣都是作家父亲的故事。他的外祖父反对女儿的恋爱，并非只因为年轻人是个电报发讯员，还由于彼此属于不同的政党，外祖父是自由党人。

从父母的恋爱开始，作家想起，如果这两个人遭受反对，果然成功，事情会怎样。后来两个人到了年老时又再相逢，这才是小说虚构的部分。

写这么的一个爱情故事，作家认真考虑过“大众文化”的课题。他本是个喜欢肥皂剧的人，他承认许多电视剧不够好，是因为缺乏文学的质素，但它们却又很真实，是生活中实实在在的情况。

第一个说“我全心全意爱你”的人是谁呢？作家觉得说这话的人是天才。为了写《霍乱时期的爱情》，作家重读了不少有关瘟疫的小说：福楼拜的《情感教育》、笛福的《瘟疫时代的旅程》，还有《俄狄浦斯》，因为这些作品中都有瘟疫的描述。

小说并非卡缪［加缪（Albert Camus）］《瘟疫》那样子的一本书，里面也没有写霍乱的大场面。所谓霍乱，是疫症，小说所指的疫症是爱情。恋爱的狂热就是疫症。作家常受“疫症”困扰，他觉得，疫症随着许多狂热的事诞生，狂欢啦、庆宴啦、纵情生活啦，等等。如今，二十世纪又将终结，世上更多烦恼，人们生活在核子意外的恐惧中，人们都为目前而生活狂欢，花大量的钱。试看飞机、酒店、电影院总是满座，真像瘟疫一般，他说。

艾滋病不正是瘟疫么？作家写小说的时候世界上还没有发现这种病，现在看来仿佛寓言。小说是用十九世纪式的笔调写的。自有人类，即有爱情，但对于大多数人，恋爱是件尴尬的事，像患了病，竟要把病情隐藏起来。爱是多么软弱呀，作家说，拉丁美洲的人哪一个年轻时没写过炽热的情书呢，到了年纪大了，就不好意思了，难为情了，情书要收藏起来，不给人见，不能让人知道自己掉进过爱河里。

爱情似乎又复苏了。小说中的人，都在疯狂地恋爱。小说也以大团圆结局。一个电视编剧这么说过：“人们爱哭，我就给他们哭的借口，编的剧就成功了。”作家说，他也做同样的事，结果是可以让人笑。

作家常常旅行，但仍每天写作，现在他写得快，一天写三四十页清稿，因为有了文字分类机。他说，早二十年有就好了，他的作品起码要比现在多两三倍。在他不同的居所中都有电脑，旅行时只携带一堆唱片。小说出版后，他没有再看一遍，他同意海明威的说法：一部完成了的书，就是一头死去的狮子。

作家现在不写信。几年前，一位朋友竟把他的信卖给一家美国大学。他不愿意自己的信变成商品。如今，他只和朋友通电话，全世界到处越洋讲电话，电话费惊人。于是，他笑起来，这真糟透了，不如写些信卖掉，来付电话费。

记者问作家为什么写作。他说是为了讨朋友欢喜。但这又不太对，因为他怀疑有些人只因为他成了名才喜欢他。于是他又说，就用里尔克的句子吧：如果你相信不用写作仍然可以好好生活，就别写。他认为，他不写作不能活。

一九五〇年时，作家在一篇小说中写道，对于欧洲人，南美洲就是一个长着胡子、抱着吉他、腰佩手枪的人。现在，他把这固定的形象抹去了。记者问他，二〇〇〇年时会做什么？他计算了一下，耸耸肩说，那时他七十三岁。他的父亲八十四岁死，母亲如今八十四岁。他确信自己长寿，那时，他会正在写一个小说。

情人节的那天，满街的年轻人都手握玫瑰花。爱情不再是难为情的事，不再是一种要收藏起来的病了么？不知道有多少人有阿里萨那样锲而不舍的心。

一九八八年四月

【卷二】

不可承受的轻

1 聚与散

外科医生汤马士[托马斯]“偶然”被派到小镇去工作。在小镇的地方，“偶然”遇上了酒店的女侍应。她送他到火车站时，他“偶然”地留下电话，说她可以去探访他。结果，她果然来了，而且，在他的居所留下来。所有的事件都是“偶然”造成的。汤马士根本无意娶这个女子，他也不特别爱她。事实上，医生已经离婚，又有情妇，而且决定不再结婚了；即使是情妇，他也坚持常常变换，永远保持适当的距离。奇怪的是，每到决定性的时刻，他的取舍却和自己本来的意愿相违。他终于和她生活在一起，而且娶她为妻。甚至当苏联入侵布拉格之后，他离开故土，到了瑞士，可以过不错的生活，却因为想念她，重回故乡，从此再也脱不出铁幕。

汤马士这一段生命的历程，是由“偶然”构成的。比如最初，女侍应去探访他时，他让她留了下来，只因为觉得，她仿佛遭遗弃在草篮里由上游漂下来无助的婴孩，而这，从前有过摩西和俄狄浦斯。在决定性的时刻，汤马士应该懂得选择，可是，“偶然”战胜一切，产生了意外的结局。人生既然充满那么多的“偶然”，因此，生命就显得更不坚实。

医生离过婚，和前妻分手的那段日子，他感到无拘无束，轻松自由，仿佛整个人没有一丝重负。这种“轻”的感觉是美好的，也是汤马士希望永远拥有的。后来，他娶了女侍应，在苏军入侵捷克时，双双到了苏黎世。妻子觉得异乡生活不习惯，一个乡下女子竟负累了知识分子，便独自回国了。汤马士的“轻”的感觉又回来了，妻子一走，他不是没有牵挂、没有负荷，轻松自由了吗？对于她，他又没有刻骨铭心的爱情。不过，过了两天，他“轻”的感觉渐渐消失了，代之而起的是沉重的负荷。他开始怀念她。在生命之中，一旦轻得没有任何重量，是无法承受的。于是，他弃“轻”取“重”，回返布拉格。

2 取与舍

“永恒回转”是痛苦的负担；但毫无重量，又成为不真实的东西。这就像人们不能忍受分分秒秒永不停止的牙痛，而牙齿从不发痛，又仿佛牙齿并不存在似的。那么，轻还是重，人们如何取舍？

公元前五世纪时，古哲人帕米尼德斯［巴门尼德］也曾提出过这个问题：轻还是重？巴氏认为世界可分为两相对比：光与暗、粗与细、冷与暖、存在与非存在。其中，光、细、暖、存在是正面的；而暗、粗、冷、不存在是反面。那么轻与重又如何区分呢？巴氏认为轻是正面，重是反面。但这只也代表他个人的立场。

一般来说，人们应该取光、细、暖、存在这些正面的事物了吧，谁会喜欢黑暗、寒冷和死亡呢；同样地，人们会舍弃沉重的负荷，而迎接轻快、轻松、轻盈的生活。事实上，“轻”并非毫无瑕疵。“永恒回转”是重，生命一去不复返是轻。而人们生存在一个无法预测的处境中：事情的发生并无先兆，突然而来的事必需立刻选择；人只有一次生命，既无从比较，也无法涂改。仿佛一名演员，彩排已是真正的上演。在许多事件中，人面临抉择，可是作出的取舍，往往是即兴的。人的一生就这样奇异地过去了。“偶然”成为生命中最重要的成分，因此，生命显得太轻，这么轻，就叫人难以承受。

捷克小说家米兰·昆德拉（Milan Kundera）一九八四年的小说《存在的难忍之轻》[《不能承受的生命之轻》（*The Unbearable Lightness of Being*）] 处理的是生命中的“轻”与“重”的问题。主角汤马士追求“轻”,真正处于“轻”的处境中，又觉得虚幻了。帕米尼德斯认为轻是正、重是反；贝多芬的看法显然和他不同。贝多芬把重看作正，而轻是反。他的最后四重奏中末节乐章曾以“困难沉重的决定”为引子，而这，正是命运的声音。需求、重量与价值是三连体，只有需求才显现沉重，只有重量才显示价值。

3 罪与罚

汤马士是知识分子，知识分子一生所选择的道路，往往就由他们的知识所引领。比如说，汤马士本来是一个自由自在的离了婚的男子，决定不再结婚了；可是，当小镇的女侍应特丽莎来到他家里，既染病又可怜，躺在床上，他竟想起古老的旧约圣经和希腊悲剧：一名婴孩，睡在草篮里，从上游漂浮下来。如果法老王的女儿没有把孩子捡拾，后来就没有摩西的故事；如果普利布斯［波吕波斯］没有捡收婴孩的俄狄浦斯，索福克利斯［索福克勒斯］也不用写他著名的悲剧了。

如果不是因为弃婴和草篮等等的联念，汤马士不会终于娶了特丽莎：如果不是由于俄狄浦斯的故事，汤马士不会在报刊上发表了一篇结果对他非常不利的文章。

一九六八年，苏联入侵布拉格，借口是：爱。入侵者并非一群罪犯，而是一群狂热者。他们认为发现了通往乐园的唯一途径，于是把自我认为标准的理想，强加在别人的身上。为了维护这个乐园，畅顺这条道路，他们不惜暴力杀害许多人。后来，事实摆明，原来并没有乐园。因此,这群狂热者遂成为刽子手。受害者于是喊叫：你们是造成我们国家不幸的人，一切后果得由你们负责承担。但狂热者的回答是：我们并不知道呀，我们受骗了。但我们是真正的信仰者,相信有乐园。我们是无辜的。这些人，他们是真的不知道，还是只是作态？再说，如果真的不知道，是否就没有罪呢？

汤马士是一个知识分子，他和十万捷克同胞一般，正视这场争辩。他的看法是：不知道或知道，并非问题的焦点；而是，如果不知道，是否就无辜。他回忆起俄狄浦斯的故事：俄狄浦斯并不知道自己弑父娶母，当他发现真相，并不认为自己无辜，因此刺盲眼睛，离开底比斯。

侵犯别人的主权，强迫别人接受自己认为美好的事物，导致悲剧的发生，绝不能以“不知道所以无辜”了事。汤马士认为，狂热的入侵者，或者成为入侵者帮凶的人，都应该刺盲自己的眼睛。

4 虚与实

小镇女子特丽莎出身寒微，她大概早已看出，如果像一般的女子那样，她迟早也会毫无出息的。她并无什么大愿望，只希望能够活得比其他的小镇女子好一些，跳出这困闷的地方。于是，她努力读书，但出于“偶然”，她碰见汤马士，而且终于成为他的妻子。

婚后，她找到了一份工作，是在一家出版社学习黑房冲印。后来，她还学摄影，当记者。苏联入侵布拉格，宣扬“我们爱你们，我们来帮助你们进入乐园”，仿佛不如此，别人就不能找到乐园；而且，他们的所谓爱和帮助，是出动坦克与炮弹的。

特丽莎每天在街头拍照，一卷又一卷，拍坦克车、大炮、军人、染血的红白蓝三色国旗、挥拳的敌人、尸体、穿短裙的少女、骑机器脚踏车的青年等生活写照。她亲自把这些胶卷冲印出来，有一半交给了外国记者。后来，汤马士和特丽莎一起离开布拉格，抵达瑞士，也带着这些照片。

特丽莎把照片带到瑞士一家销量不错的杂志社去。杂志编辑热诚地接待她，看过了照片，称赞了一番，说：这件事已经过去，他们不打算发表这些照片了。特丽莎说，在布拉格，一切并没有过去。苏军还在城内，“布拉格之春”是人们不能遗忘的。此刻，京城虽被占领，但人们纷纷反抗：工厂内组织议会、学生们发动罢课、全国人民勇于发言要求苏军撤走。这么天翻地覆的事，竟没有人关心吗？

杂志编辑打断了特丽莎的话，拿出一叠照片给特丽莎看。那是海滩上的裸泳者，还说，和她拍的照片并不一样。但特丽莎则说，是一样的。她的话，相信杂志社的人并不明白。

苏联入侵捷克是一九六八年的事，因为并非“永恒回转”，随着时日变轻，变得虚幻而不真实，这是特丽莎难以承受的事情。

5 读与想

《存在的难忍之轻》是昆德拉的第五部小说。这一次，他的小说采用探讨的方式进行：叙事者提出一个论点来讨论，然后加入小说的情节。故事有几个层面，表面上是爱情，背景是布拉格，其实写的是人生的虚幻、轻重和意义。

单从爱情的层面上看，小说也写得异常深入，表现人与人之间的爱情，常常基于真挚的感情，而且，得失其实绝不重要。小说中有四个主角，汤马士和特丽莎是夫妇，汤马士有一个情妇莎比连娜［萨宾娜］，伊又有一个男友法兰兹［弗兰兹］，四个人都是可敬的人物，感情也都可贵。真正的爱情大抵就是由轻而重，又由重而轻。昆德拉这小说使一般的爱情故事完全失色。

人生的许多历程往往都因“偶然”造成，爱情、生命，无不如此，有人叫这做“命运”。比如法兰兹，他参加了“大巡行”，随着一群人抵达曼谷，前往柬埔寨边境作拯援行动。在他，“大巡行”是自由、平等、正义、博爱的象征。但参加者绝大部分只是借此招摇，所以队伍中品流复杂，既有医生、记者、学者、专家，又有演员、歌星、教授、诗人，总共四百七十多人。其实，“大巡行”并不安全。在路上，就有人中了地雷身亡。法兰兹幸而无恙，不过，当他回到曼谷后，却在街上散步时遭受劫掠，因此丧生。而这，正呈现了生命的不真实。死得如此意外，轻如鸿毛，简直叫人不能承受。

和一般的小说不同，昆德拉这个小说并不制造“时间零”。《时间零》是卡尔维诺的小说。一切的时间都是时间零，也都是时间一。读者不必追究故事的时间，因为真正的人生定然如此。所以汤马士和特丽莎的结局，也很早就显示了出来。曲终人散，地球照旧运行。小说段落短简，仿佛珠子，由一条隐形的生命线连贯串成，也曾有评论者认为小说的结构是音乐里的四重奏形式。无论如何，这是一本值得细读深思的书。

一九八六年三月

6 being 与 kitsch

昆德拉不是一位默默耕耘的作者，他有许多的话说，比如，解释 being 和 kitsch 这两个字。

先说 being。昆德拉不止一次强调，他的作品，应该读作对“人存在的基本状况”的思考，他指的“存在”，即 being。他说，翻译他的作品的人，往往选用一些有违他原意的字眼，比如 being，都译成“生命”、“生存”或“境况”；而他的原意是“存在”。所以，这部“不可承受的轻”，如果译为“生命中不可承受的轻”，就有违他的原意，虽然，不能说是误译。因此，依作者的原意，这部作品的题意实为：“不能承受的存在之轻”，或“存在的难忍之轻”。

其次说 kitsch。在提到这个字之前，让我引述加西亚·马尔克斯的一部作品。《没人写信给上校》[《没人给他写信的上校》] 小说中的最后一个字，是 shit。如今我们读书，大便（shit）在书页上就完完全全整个字印出来。不过，以前，shit 是不会白纸黑字印出来的，因为被人认为是污言秽语，不宜形诸文字。所以，凡遇上 shit，就用 s…代替。于是，在那个时代，“大便”一词在这个世界上就被否定了，人人都把这事情看作不存在的样子。这样的一种美学理想，可以叫做 kitsch，译为“媚俗”，意思颇有偏差，不够准确。那字本是德语词，诞生于感伤的十九世纪中叶，指的是矫揉造作，趣味庸俗的艺术品，渐渐经过时日的磨蚀，反复使用的过程，已失去最初的含义。

昆德拉曾举“大便”一词为例，指出人们习而不见的现象：自欺欺人，对严酷的现实故意回避；也就是将人类存在中基本上不可接受的一切（比如“大便”），排斥在自己的视野之外。因此，昆德拉“媚俗”的意思，是指自欺欺人的态度和行为，意味着“故作多情的集体谎言”。《存在的难忍之轻》中的“轻”究竟是什么意思？“轻”在这里是名词，不是形容词；人的“存在”中的“轻”，是昆德拉不能忍受的“媚俗”，是各种花哨的谎言，自欺欺人的行为和态度。因此，昆德拉笔下的being，不是指“生命”。比如，“大便”的存在，并不是指大便的生命。而kitsch，也不再指矫揉造作，趣味庸俗，而是自欺欺人，仿佛过往人们抹去“大便”的存在一样自欺欺人。把存在之物故意抹去，（记得《笑忘书》照片中的帽子么？）是不能忍受的自欺欺人/轻。

一九九五年六月

蜘蛛女之吻

1 黑豹妇人

传说中世纪的时候，在遥远的黑森林里，住了一些黑豹妇人。她们都是看起来普普通通的女人，只不过，眼睛有点像猫。她们并不适合恋爱。一旦有人去吻她们，她们忽然就会变成豹，把爱人或丈夫咬死了。

莫利纳喜欢讲故事，他有满肚子的故事，可以一天到晚不停地讲。其实，他的故事，都是他以前看过的电影。如今，他没有事情可以做，只好利用讲故事来打发时间，虽然他的听众只有一个人，名叫巴伦廷[瓦伦丁]。为什么如今莫利纳没有事情可做了呢？以前，莫利纳有一份工作，他是橱窗设计师，家里有一位母亲。两母子相依为命，生活倒也不错，可是，莫利纳是一名同性恋男子，由于风化罪名，被判八年徒刑，关在监牢里。

和莫利纳同一监房的巴伦廷，是革命分子，因为发动汽车厂骚动事件，没经审判，被判三年监禁。他在监狱中仍不断看书，但到了晚上，光源断歇，书就不能看了。漫漫长夜,莫利纳于是开始讲故事来消磨时光。这些故事，仿佛母亲给小孩子唱的催眠曲，或者在床边讲童话。

莫利纳的故事讲得非常动听，又详细、又曲折，而且，讲的都是浪漫的爱情故事，仿佛他自己就是故事里温柔的女子。事实上，莫利纳也一直把自己当作女性。他讲起故事来，对于女子的衣饰、发式、姿态、性格，总是描述得像小说家笔下一般详尽。故事也不是一天就讲完，常常在最危急的时刻暂停，到第二天晚上再继续下去，因此，也充满悬疑。

莫利纳多数讲悲剧，比如黑豹妇人的故事，他说现代的城市里也有一个黑豹妇人，并且恋爱结婚了，这真是一件不幸而可怕的事。她的丈夫大概也要被她咬死了吧，两个人显然都是无辜的。对于黑豹妇人来说，体内流着野兽的血液，根本是命运的安排，才使她成为悲剧的主角。

2 僵尸妇人

西非和美国南部等地的伏都教信徒崇拜蛇神，教徒相信首领有起死回生的魔力，使死去的人成为僵尸，听从首领的命令做事。

监狱中的莫利纳看过很多电影，吸血僵尸啦、狼人啦、黑豹妇人啦、僵尸妇人啦，于是他就讲僵尸妇人了。据说，有那么的一个女子，到加勒比海的一个小岛去，因为她的未婚夫在那里等她，他们将在岛上结婚。女子的未婚夫非常富有，在岛上有许多仆人，拥有巨大的房子和一望无际的香蕉园。女子以为可以过安适愉快的生活，哪里知道，后来竟发现了岛上的秘密：丈夫的前妻已经死亡，而且变成了僵尸妇人，彼此还曾面对面。原来当地的巫医想吞灭岛上的土地，所以要利用僵尸妇人杀死自己的丈夫。不过，丈夫临死时对前妻说，自己一直是爱她的，她应该摆脱巫医的魔力，放火把自己烧死。僵尸妇人非常感动，果然放火烧房子，葬身火场，巫医也在雷击中丧生。到岛上来的女子终于回到家乡去，离开这片可怕的伤心地。

莫利纳的故事都是非常可歌可泣的哀怨爱情故事。比如一名歌手，竟然和德国军官恋爱了，结果牺牲了自己的生命；一名记者为了采访新闻，和新闻主角的女子恋爱了，他在失去她的时候不断填写歌词，那些歌，在渔人中传开了，到处吟唱，后来，她就循着歌声到处找他。

故事都充满了温柔的情意，这，正是莫利纳个人的愿望，因为他一直向往爱情，希望能够有一个丈夫，自己做他的妻子。事实上，他的确也找到了一个爱人，那是餐室里的一名侍者。他常常到餐室去，彼此终于成为恋人。他把一颗心全投在侍者身上，希望他放弃目前的职业，继续读书，甚至希望和他永远生活在一起。但侍者有自己的家，有妻子有孩子，而莫利纳，如今却在监狱中。八年之后，他可以出狱，那时候，侍者会怎样待他？而他年老的母亲，并没有人照顾。莫利纳唯一的希望是能够快些出狱。

3 蜘蛛妇人

莫利纳的故事真多，黑豹妇人呀、僵尸妇人呀，本来都是心地良善的女子，可是由于命运的安排，却对爱护她们的人形成灾害。莫利纳从来没有讲过蜘蛛妇人的电影故事，因为他自己就是蜘蛛妇人。讲蜘蛛妇人故事的是阿根廷的小说家曼努埃尔·普伊格（Manuel Puig），小说的名字叫做《蜘蛛女之吻》（*Kiss of The Spider Woman*）。

莫利纳一心想早些出狱照顾母亲，为达目的，不择手段，接受了狱官的条件，刺探革命分子巴伦廷同党的消息。于是，莫利纳对狱友的细心照顾、吃食物中毒、可能的假释，都是陷阱，无非想引发巴伦廷泄漏真情。莫利纳就像蜘蛛，细心结网，捕捉猎物。这网，是莫利纳显示的女子般的温柔和呵护。

巴伦廷的确受到感动，把莫利纳当作朋友，甚至成全对方的意愿，同性相爱；而莫利纳，起初只为了来当奸细，后来却真的爱上了革命分子，不但不再出卖对方，还愿意为他做任何的事。爱是伟大的牺牲，不管是异性的爱还是同性的爱。

莫利纳终获警方故意安排假释。临近离开监狱时，他问巴伦廷可否和他吻别。革命分子说：这个，怕只怕你会变成一头黑豹，就像你讲过的电影故事那样。莫利纳说，我不是黑豹妇人，做黑豹妇人是件忧伤的事，没有人可以吻你。于是巴伦廷说，你呀，你是蜘蛛妇人，把别人困在网里。

普伊格的《蜘蛛女之吻》是他的第四部小说，在阿根廷是一部禁书，所以，电影的背景也改在巴西拍摄。小说全部以对话进行，中间加插整段的回忆和想象，只有莫利纳出狱后的事件，才借警方的档案报道出来。普伊格小说的特色之一是穿插电影故事的片段，反映大众文化对小城妇女心态的影响。

4 同性相恋

英国学者韦斯认为，同性恋的原因大致上基于三个说法，他本人则并不同意。

荷尔蒙不平衡，这是第一个说法，认为人体中的荷尔蒙不平衡，引起同性相恋。比如说，男性体内的女性荷尔蒙过多，使男性出现女性化现象，导致同性恋。事实上，经过研究证明，并非如此，况且荷尔蒙可以注入人体，改变不平衡的缺憾。把大量男性荷尔蒙注入男性体内，只使个人外表上有些改变——声音变得低沉、脸上长多了胡须，同性相恋的倾向依旧不变。

雌雄同体，是第二个说法。指成年人在发育期中未能长成完全的男性或女性，因此，体内既有男性，也有女性的某些特征。至于个人究竟属于什么性别，多数凭当时表面的概念。韦斯认为，躯体结构是否正常和同性恋无关，反而是心理因素占较大的可能性。

遗传，是第三个说法。事实上，到目前为止，还没有研究证明，同性恋是遗传的。（可以遗传、传播的是艾滋病。不过，韦斯研究同性恋问题时，普伊格写《蜘蛛女之吻》时，艾滋病还不曾被界定。）

对于同性恋，学术研究上也有三个说法，而非科学的诠释。

第一个说法是违反论。据说，个人的同性恋倾向不过和其他“做坏事”的不道德行为相同。正如一头毛骡，性子固执，叫它东行，它偏朝西，完全凭一己的喜好。

第二个说法是引诱论。个人可能并非有同性恋倾向，而是受到别人的引诱。（小说中的餐室侍者和革命分子，本身都并非同性恋者，可都因莫利纳的引诱而相爱。）

第三个说法是隔离论。青少年在单一性别的兄弟或姊妹群中长大，寄宿学校、监狱，都因为生活环境中没有异性，所以促成同性恋的发生。

心理学家和神学家当然又有另外的看法。《蜘蛛女之吻》对同性恋作了不同角度的隐喻和具体的分析。他的立场明显是同情、体谅的，这是对长期受社会成见压抑的人物打抱不平，同性恋者，换一个名词，可以是其他边缘人物，第三世界的文学、政治。

5 文化汇流

提起拉丁美洲文学，总叫人联想到“魔幻现实主义”，而近年来，渐渐有人注意到拉美文学中出现的“大众文化”素材。

一般来说，文化可粗分为三类：高层文化、大众文化和普及文化。大众文化多半以谋利为目的，重视市场的买卖，比如电视节目、漫画、杂志，得看收视率和销量数字。高层文化则相反，并不服役于社群中大多数人的趣味，比如古典音乐、芭蕾舞、大学中研讨的世界文学名著。普及文化和大众文化略有不同，原则上，普及文化也广受群众喜爱，往往根源于传统，并非只是一时的流行，比如田园风味的衣饰、民歌、陶器、壁画等。

普伊格的作品，着眼于反映小镇上大众文化对一般人的影响，尤其是妇女，对电视的情节和人物如痴如醉。而这些电影、电视，又大多来自北美洲。他的好几部小说，如《给列打希和芙出卖了》[《给丽塔·海沃思出卖了》]、《碎心探戈》，都反映了女性大众文化的根深蒂固。《蜘蛛女之吻》里的莫利纳，正是这样的一个影迷，而且身份又以妇人自居。

除普伊格外，拉美作家中采取大众文化作素材的大不乏人。秘鲁小说家巴加斯·略萨的《胡利亚姨母与剧作家》[《胡利娅姨妈与作家》]，其中的双数章节，都是剧作家写的肥皂剧，每天在空中播送，迷醉了利马的许多妇女。这些吸引人的大众文化，几乎占了全书的一半。阿根廷小说家科塔萨［科塔萨尔（Julio Cortázar）］的《蒙面怪客和国际吸血僵尸》，根本是一册漫画故事。古巴小说家因方特的《三头忧伤的老虎》，也写乡下村民如何向往城市生活，热爱电视和电影。乡下姑娘后来果然当了夜总会歌星，小镇男子也成了电视艺员。

普伊格和因方特都在访问中说过，对于写作，他们从电影中得到的比书本还要多。科塔萨的《蒙面怪客》，不过披了一件漫画的外衣，普伊格等人的作品，其实致力于把大众文化和高层文化技巧地融会在一起。

一九八六年四月

6 描写叙事

一个欧洲的女人，一个聪明的女人，一个美貌的女人，一个受过教育的女人，一个具有国际政治常识的女人，一个具有马克思主义知识的女人，一个用不着对她从头进行解释的女人，一个善用闪烁着智慧的问题鼓励男人思想的女人……一个危险的女人，一个很会忘事的女人，一个甚至能忘记已回到他祖国的小伙子之死的女人，一个小伙子正回到他的祖国，一个小伙子从空中观察着蓝色的山脉，一个小伙子激动得眼含热泪，一个小伙子知道自己喜欢些什么……一个小伙子害怕自己也被看成是政治寡头，一个小伙子很可能会被游击队绑架，要求赎金，一个小伙子下了飞机，跟服装鲜艳的孀居母亲拥抱，一个眼泪已哭干了的母亲，一个受到举国尊敬的母亲，一个兴趣高尚的母亲……一个无缘无故会紧张的母亲，一个对儿子隐瞒着什么的母亲，一个对他的用人十分宽容慈祥的父亲，一个试图通过慈善事业改善用人们生活条件的父亲，一个为当地的劳动者建立了一座医院的父亲，一个为劳动者建造了住宅的父亲，一个痛苦地与妻子进行争吵的父亲，一个与其儿子言谈甚少的父亲……一个几乎可以肯定当过罪犯的父亲，一个给儿子玷污了名声的父亲，一个犯罪分子父亲的鲜血在儿子的血管内流动，一个农村姑娘，一个白人和印第安人的混血姑娘，一个豆蔻年华的姑娘，一个由于缺乏营养而影响了牙齿生长的姑娘……

《蜘蛛女之吻》的特色是全书以对话形式进行，但其中有些插段用的是独特的写法。像上述的散文叙事，每句开始都以“一个”起句，整整四页，从“一个”开始到“一个”终场。但在段落之中，可以看到人物的轱辘转换，从女人到小伙子到母亲到父亲到姑娘，共五个人，既紧密地过渡，又揭示了人物之间的关系，以及个别的容貌、性情、生活、社会地位等等。《尤里西斯》[《尤利西斯》]一书最后的文字是一长段的意识流叙事，没有标点符号；普伊格的这段文字，留给我深刻的印象。

电影《蜘蛛女之吻》很好看，如果不读读文学作品，就错过很多东西了。屠孟超的中译是首选，有别于其他胡乱删节的改写译本。

一九九五年六月

皇帝陛下

1 皇帝三部曲

在书店里遇见两本书，一本叫《皇帝》，另一本叫《伊朗王中的伊朗王》，作者是波兰记者卡普辛斯基［卡普钦斯基（Ryszard Kapuściński）］。前者是一九七八年的作品，英译也早在一九八三年面世，至于后者，一九八二年写成，英译本是一九八五年的新书。

这两本书，是卡普辛斯基《皇帝三部曲》中的两部，另外一部，还没有消息，当然也是写一位当代的领袖人物，而且是南美洲的暴君。卡普辛斯基，一九三二年波兰诞生，在华沙大学进修波兰历史，最初当国内记者，后来当波兰新闻社的驻外国通讯员，以发掘第三世界内战、革命和社会情况著名。他能够深入发掘事件的核心，写下不少关于波兰境内、亚洲及高加索等地的报道。一九八一年后已离开波兰新闻社。他曾长期在拉丁美洲、非洲及中东采访，搜集了许多资料，因此写下以领袖人物为中心的报道。

从已出版的两部书来看，卡普辛斯基采取的是报道的手法，但并非平铺直叙，而是通过各种文学的技巧。因此，两部书都可以当小说来读，尤其是《皇帝》，写的是非洲传奇人物塞拉西，全书用框架结构呈现，文字晶明，充满哀伤的气氛，反过来看《伊朗王中的伊朗王》，稍微逊色了。

《皇帝》（*The Emperor*）中的塞拉西，一八九二年七月二十三日诞生于埃塞俄比亚哈勒省，原名拉斯塔花里［拉斯特法里（Rastafari）］（追随者就叫做拉斯塔花里人），做了四十四年国王，死时八十三岁，结束了三千年长的王朝。表面上，塞拉西不失为一位英明的君主，因为他废弃了奴隶制度，开办学校，又送国内优秀青年出国留学，修桥筑路，呈现一片新气象，使西方国家对他另眼相看，联合国也以经济支持非洲。可惜，人们后来发觉，埃塞俄比亚竟有数十万人饿死，国王自己则豪华奢侈，关心狮子等宠物多于关心人民，终于在国人的反叛下倒台。

2 拉斯塔花里

追随塞拉西的人，自称拉斯塔花里人。十九世纪末，牙买加出现了一个叫做马科斯·加维的黑人，祖籍非洲，后来成为西班牙人的奴隶，带到牙买加做苦工。在牙买加，千千万万的黑人都有同样悲苦的身世。加维眼见黑人遭受奴役，于是创立世界黑人改进协会，宣扬“一个神，一个目标，一种命运”的讯息。

塞拉西一世即位，牙买加黑人大为震惊，他们相信这个人就是真正的救世主，埃塞俄比亚是黑人的伊甸园。于是，大家忽然有了新的宗教信仰，有了归属感，都要离开万恶的巴比伦，回到非洲去。依照拉斯塔花里人的见解，古代的巴比伦即是罗马，现代的巴比伦是整个奴役他们的西方白人国家。

在这个时刻，又有一个重要的人物诞生了，就是雷格[雷鬼]歌手鲍布·马里[鲍勃·马利(Bob Marley)]。他自己作曲，唱出黑人的心声，他号召黑人团结，引领群众展望非洲。雷鬼歌手们从不剪发梳头，他们把头发结成绳子，成为流行的形象。鲍布·马里的影响深入民心，一九八〇年，津巴布韦独立，特别请他到场演唱。鲍布·马里相信非洲的确是黑人的伊甸，可是，他多次到非洲，却发现那里的民生困苦，境况比牙买加更糟，理想因此幻灭。不少雷鬼歌手都吸大麻，鲍布·马里因而患上脑、肺、肝癌，三十六岁就离开了人世。

黑人民权运动中既有真正的信仰者，也出现过神棍，比如一个叫做亨利的人，印了一类卡纸，上面写满字，说是凭证在某月某日，到某处集合，就可以乘船回返非洲家园。卡纸每张售价一个先令，结果售出一万五千张。到了指定的一九五九年八月一日，罗莎莲大街上出现了上万黑人，许多人变卖当地的房产，以为可以回到伊甸去，事实上，船的影儿丝毫不见，骗徒被捕下狱。

一九三四年时，也曾有一个叫贺维尔的人，售卖塞拉西的照片，胡说是前往埃塞俄比亚的通行证。

3 塞拉西一世

塞拉西是拉斯塔花里人心目中的神；这意念的理据，来自圣经。这位埃塞俄比亚的第二百二十五位君主，也深信自己就是救世主，自认是所罗门的后裔，将带领非洲人脱离巴比伦。相信世界上少有别的君王有比他更长的名衔，他的称号是:国王陛下，帝王，塞拉西，我与我，埃塞俄比亚的尼格斯，耶的选民，五乘五,万王之王，万主之主，世界之光，圣三一的力量，犹太支派的征服狮子，我与我，国王，塞拉西。

我与我,是拉斯塔花里人的自创语,他们不叫“我们”，而是说“我与我”。雷鬼音乐中就充满许多这样的自创语。尼格斯，是埃塞俄比亚国王的专称，就像俄皇称“沙”，伊朗王称“夏”。耶是上帝，耶和华的简称代名词。其他的一些称号，则与圣经章节有关。五乘五，则是五个名衔计算在一起。

启示录里面有两处这样说：不要哭，看哪，犹大支派中的狮子，大卫的根，他已得胜（五章五节）；在他衣服和大腿上有名写着说，万王之王，万主之主（十九章十六节）。根据预言，塞拉西认为这些封号都是他的。而且，他自己和信徒都相信救世主是黑人。在圣经中，他们又找到例证。

耶路撒冷的众女子啊，我虽然黑，却是秀美（雅歌，一章五节）。又在五章十一节里说：他的头发厚密累垂，黑如乌鸦。从这些经文看来，拉斯塔花里认为救世主是黑人，出生的地点，乃是非洲。诗篇六十八章三十一节又有：埃及的公侯要出来朝见上帝，古实人要急忙举手祷告。

拉斯塔花里人认为，埃及公侯朝上帝，因为上帝在非洲，而古实，即埃塞俄比亚。他们还深信，塞拉西本身就是神，而非神的代表或神的儿子。因此，一九七五年时，塞拉西在首都阿迪士阿巴巴［亚的斯亚贝巴］逝世，信徒们都不相信，他们说，神是不会死的。

4 框架的内容

波兰记者卡普辛斯基怎样来描绘塞拉西这个传奇的人物呢？他并没有当面访问过他，却在埃塞俄比亚深入探索，访问了许多其他人，尤其是那些曾在宫中服役的人，由他们来报道皇帝的生活。

第一名叙述者自称，他只是抹鞋仆从。皇帝有一头宠狗，到处撒尿，贵宾大臣如果觉得鞋子忽然一阵湿湿暖暖的，绝对不能声张，只得默默忍受，若无其事。而抹鞋仆人的工作，就是替他们抹鞋，这工作，他做了十年。

皇帝体重五十公斤，吃得极少，从不喝酒，睡在桃花木床上，几乎在床单间消失。他睡得也少，早上四五点起来，开始一天的生活。皇帝从没上过学，不看书，国家大事都由大臣向他口述报告，他的话也就是圣旨，这倒有个好处，既非白纸黑字，可以随时否认和改变。

早上，皇帝先到花园去散步。大臣就伴随左右，一方面报告政务，皇帝只是听，走到狮子和豹的笼子前，高兴的话，就亲自喂它们牛腿。见外国使臣时，他常常带着狮子，吓得使臣们魂飞魄散。有一次，一位外国使臣竟开枪把狮子打死了。

皇帝有二十七辆汽车，组成他的私人车队，他喜欢汽车，最爱劳斯莱斯。他从欧洲买回来第一架飞机时，几乎使他失势，因为子民认为飞机是撒旦的创造。

有一名仆从，在宫中二十六年，曾跟随皇帝到世界各地旅行，他只负责打理枕头。宫中储物室中，共有五十二个枕头，大小形状厚薄质料颜色都不同，每次皇帝端坐椅上，他就得立刻选择一个适当的枕头垫在皇帝脚下，这种工作,需要精密的计算和敏锐的眼光。除了携枕头的人,皇帝身边常出现一名携带硬币的人，每逢节庆，国王要向群众大撒金钱。结果,总是由警察高举警棍来收拾残局。

“咕咕”是另一名仆从的绰号，遇到重要的时刻，皇帝如果忘了转换活动程序，他就走出来，在皇帝面前鞠三个躬作提示。仿佛他是瑞士那种咕咕叫的鸟鸣钟。

5 埃塞俄比亚

塞拉西常常拿出伦敦版的《我的生活与埃塞俄比亚的进步》给外宾看，自称他为国家做了不少改革，对抗野蛮。他废除了斩手脚的刑法，设立国家刑部，死刑一律枪毙。他用自己的钱买了两部印刷机，创办了国内第一份报纸。他开设了第一间银行，带给埃塞俄比亚电力。他禁止奴隶贩卖和强逼劳役。他入口了第一辆汽车。他创办邮政服务。国内没有大学和学校，所以他送青年人出国留学。正是这些留学生回国一看，整个国家生了大病，不得不把皇帝推翻。

起初，西方国家对塞拉西的改革甚为欣赏，以为他是一位英明的君主。塞拉西自己也沾沾自喜，得到了联合国的经济支援后，更加一天到晚追求发展了。他不断在首都兴建桥梁、机场、医院、大会堂，全部命名为塞拉西。他把所有的外援资金花在发展建筑上，而这时，从外国回来的留学生，却看到人民的困苦。这算是什么发展，如果国内竟有全省人民饿死的事发生？事实上，埃塞俄比亚境内到处都是文盲，人们没有东西吃，没有鞋子穿，没有医生没有医院，全国各省都是无知、野蛮、卑贱、疾病的人。学生们看得很清楚，埃塞俄比亚资源少，物产不丰富，没有东西可以出口，难道可以永远只靠外援生存下去么？他们认为，发展必须与改革相辅而行，首先，必须给农民土地种植，发展农业，废除特权，实行社会民主化，终结封建制度。

埃塞俄比亚大量人民饿死的事传到了西方国家，各国的记者纷纷前来采访，塞拉西的政府还多方掩饰，皇帝则大宴外国来宾，豪华奢侈。但是，学生们带西方记者深入各省观察真相，伦敦电视台于一九七三年放映了一套该台记者拍摄的纪录片:《埃塞俄比亚:未知的饥馑》，揭露了十万人饿死的真相，举世为之震惊。于是，出现了一次大规模的救亡运动，食品空运救灾，医生护士前来治病。可惜，许多食物一入埃境，竟被藏入货仓，高价出售。

6 也支持革命

一九六八年，高詹省的一群农民和政府官员冲突，引发暴乱，消息传到王宫，国王几乎不能相信，他的子民不都是温驯、敬神的信徒吗？可是他忘记了一件事，农民没有东西吃了，而且税收又递增了。大学生和农民联结一起，到处示威，还焚烧公共汽车，因为国内的水、电、公共汽车公司，都是国王的私人财产。塞拉西下令把大学封闭，并且采取暴力镇压。

经济部长只知刮钱，对外国支援运来的粮食居然要抽进口税，而且在国内增收油税。国王最爱军队，埃塞俄比亚有三千万农人，军人与警察则有十万，国家拨给农业的经费是税收的百分之一，军警人员则高达百分四十。为了对付农民的暴乱，国王于是招募更多军人，又提高他们的薪酬，农民纷纷饿死，当兵的都发了财。可是沙达慕的军营中忽然也发生了动乱，因为水井干涸，长官禁止下属动用他的私人水井。

反叛的人数愈来愈多，连军人也接二连三反戈相向，并把国王的近亲、大臣一个一个捉去。渐渐地，宫中冷冷清清，将领不见了，大臣失踪了，最后只剩下一名老仆从陪伴国王，在小教堂内给他朗读先知的话语。

一日清晨六时，三名军装人员进入宫内，先向国王鞠躬，然后宣读一份废黜国王的文告：国民对吾王尊信，认为此乃团结之征，然而塞拉西一世，却挪此权力、尊严及荣耀为一己之用，导致全国陷入贫穷、崩溃之境。况且，国王已垂垂八十二岁矣，再难胜重任。故塞拉西一世国王陛下当于一九七四年九月十二日逊位。政权由临时军委掌管，一切以埃塞俄比亚为重。

老人站起来，感谢各人，表示军人从没有令他失望。最后他说：如果革命对人民有益，则我也支持革命，不反对退位。他们带他离开，让他住在首都山上的迈尼力行宫中。侍候他的卫士，每天仍向他鞠躬致敬。

一九八六年五月

福楼拜的鹦鹉

1 鹦鹉

福楼拜写过一部小说，叫做《一颗简单的心》。这是许多人都知道的故事，说一名贫穷、没受过教育的女仆菲莉丝蒂，半个世纪以来，一直忠诚地在女主人家里工作。她对每一个人都尽心尽力、和蔼亲切，结果，这些人死的死、离去的离去，把她忘得干干净净，而她，唯一的感情寄托，是一头鹦鹉。

写这个小说时，福楼拜曾到博物馆去借一头鹦鹉回家，放在案头，每天相对。如今，到作家故居去参观的人，都可以见到屋子里有一头鹦鹉标本。

格富莱·白利夫维特［杰弗里·布拉斯维特］的本业是医生，他是福楼拜的业余学者，这天，他到作家鲁昂的故居来了，当然，他看见了鹦鹉标本。在鲁昂，可以参观的地方除了作家故居以外，还有狄奥医院，那里是作家的父亲当年行医的地方，他是首席外科医生，作家的童年时代就在这里度过。如今，医院门外停了一辆救伤车，上面绘了蓝星星，写着电话号码和一行字：福楼拜救伤车。作家即是拯救者吗？布拉斯韦特记起乔治·桑说过的话：你制造绝望，我制造慰安。看来，车子上应该写上“乔治·桑救伤车”更为适合。

狄奥医院现在仍是医院，不过，其中一部分开放，成为福楼拜纪念馆，在里面，人们又可以看见一头鹦鹉标本。到底哪一头标本才是当年和福楼拜在书房里日夕相对的呢？故居和纪念馆的职员都说他们那里的鹦鹉才是原来的一头。于是采访者到鲁昂博物馆去查。

鲁昂博物馆当年藏有五十头南美亚马孙河区鹦鹉的标本，福楼拜借过一头，不久就交还了，这是在记录档案里可以查到的。后来，为了筹备纪念馆和开放故居供游人参观，两处的负责人都到博物馆去讨了一头标本。一百年来，博物馆也曾把多余的标本出售。

研究者在鲁昂博物馆的藏鸟室里见到了鹦鹉标本，本来是五十头，如今只剩下三头了，哪一头才是当年作家借来描述的鹦鹉呢？

2 头发

《一颗简单的心》里的鹦鹉名叫露露，身体绿色，翼尖粉红色，前额蓝色，喉部金色。漂亮的彩鸟。业余学者在故居和纪念馆看过的鹦鹉都和书中描述的稍有不同。至于博物馆中剩余的三头，羽毛的颜色已经褪落，而且通身布满防腐防虫药粉，不可能再辨别了。一位老先生说得好，你必须记得两件事：首先，福楼拜是一位艺术家，是充满想象力的作家，他借来一头鹦鹉标本，难道就一成不变地来描述吗？如果他觉得改变一下颜色更适合自己的理想呢？其次，标本容易蛀虫、脱落，就不是原来的样子了。

业余学者到鲁昂去探访作家的故居和纪念馆。他这样做的时候，不禁想起一件事：为什么作品会驱使人们去追寻作者？书本不是已足够了吗？读一本书，读完了不就可以算数了么？为什么还要去发掘作者的一切，难道文字本身还有所欠缺？

有这么的一宗趣事：史蒂文森死后，他的苏格兰籍保姆生意脑筋一动，静静地开始出售作家的头发，据说是作家的真头发，四十年前剪下来一直珍贵地保留着。忠诚的读者、仰慕者、追溯者都去买了一点儿头发，结果，数量之多，竟足够填满整张沙发椅。

福楼拜的保姆绝不可能出售作家的头发，因为福楼拜根本没有什么头发，上了年纪之后，还是个秃子。说起保姆，倒不能不提一提朱丽叶·贺白蒂［朱丽叶·赫伯特］，她是福楼拜的保姆，一八二五年从英国来，在福楼拜家中服务，足足五十五年，从没离开过。布拉斯韦特认为，这位重要的人物一直被文学史家忽略了，因为她可能还是作家的爱人。

名叫布拉斯韦特的业余学者到福楼拜故居去参观，

一面看一面想起许多问题。这是一篇小说，作者为英国新秀朱里安·巴恩斯（Julian Barnes）。小说的名字是《福楼拜的鹦鹉》（*Flaubert's Parrot*）。有趣的故事，独特的写法。

3 眼睛

《福楼拜的鹦鹉》不是一本福楼拜的传记，而是一本以福楼拜为中心人物而写的小说，叙事者是一名退休医生，自称是研究福楼拜的业余学者。

业余学者说：让我告诉你为什么我憎恨批评家。并非由于一般的原因：就说他们是失败的创作者，或是天生喜好吹毛求疵、善妒、自夸等等，不，不是为了这些理由，而是由于他们会写下这样的句子。譬如：福楼拜不像巴尔扎克那样营造人物，客观地、重视外表的描述，他是那么地不仔细，以至于他在这个场合把艾玛的眼睛写成棕色，另一个场合写成深黑色，又有一次写成蓝色。

批评福楼拜描述眼睛的人，是一位女博士，在牛津大学教授法国文学。业余学者说，他曾听过她演讲，原来法语糟透了，想不到这样的人竟可以借她的衣食父母轻易生存。业余学者又说，他读《包法利夫人》时，根本不会注意艾玛的眼睛彩虹般的颜色。对于批评家，他又举了几个例子。有一次，他去听讲学，讲者是剑桥的教授，亮晶晶的秃顶、亮晶晶的皮鞋，演讲的场面也是亮晶晶的，题目是：文学中的错误与错误是否关系重大。教授指出，普希金笔下的舞会，军人的衣服穿得并不准确。纳博可夫[纳博科夫]呢，真令人感到意外，竟拼错了罗列达[洛丽塔]的字音。柯罗列治[柯勒律治]、叶慈和布朗宁三位诗人，不知道麻鹰与苍鹭的分别，甚至不晓得苍鹭是什么东西。《苍蝇王》[《蝇王》]里面的眼镜，根本不能够借阳光来取火。至于但尼生[丁尼生]的《轻骑的突击》，轻骑兵的数目不是六百，而是六百七十三名。

福楼拜的朋友马仙杜康[马克西姆·迪康（Maxime Du Camp）]，曾经写过两册《文学纪念》，其中有一段描述过《包法利夫人》角色的原型。艾玛的投影，来自一名鲁昂附近军官的第二任妻子，个子小小的，并不美丽，头发滞黄，满脸雀斑。她看不起丈夫，为人虚假，动态如蟮，声音粗劣。

她的眼睛，充满不确实的颜色，随着光线的明暗而转变，时而绿色，时而灰色，时而蓝色。

4 渔网

对于一个渔网，至少可以有两种看法，可以说渔网是一件用来捕鱼的工具；但也可以说，那是绳子结出来的一大堆洞洞。

网可以捕鱼，可以盛载。网也可以漏水，可以泄泻，对于一部人物的传记来说，亦可和渔网同样看待。一部传记，不错，的确记载了很多有关主角的生平事迹，但任何一部传记，也必然漏去许多其他的东西。

《福楼拜的鹦鹉》是小说，不是传记；但它像传记，因为它记录了许多有关作家的生平，可它又是小说，因为书中充满了别的细节，以及一般传记之外的声音。

作者透过业余学者讲述福楼拜，每一章都用不同的主题和叙述法，譬如第二章，是福楼拜的生平简介年表。叙述者用三种方法来述说作家的生平。第一次是普遍一般的写法，就说某年发生了什么大事：某年出生、某年入学、某年结识什么朋友、某年出书、某年旅行，等等。有一点可以看得出的是，这生平简介写的是作家的“成就”，着眼点是“成”。第二次的生平简介却调子一变，只呈现作家一生中悲哀的事情，主调是“败”：某年某人病逝、某年作家得病、某年退学、某年痛苦写作、某年大获劣评、某年家贫无靠、孤寂度日等等。第三次再陈述作家的一生，则改为全部用福楼拜自己说过的话，描述自己是怎样的一个人。

《福楼拜的鹦鹉》是一部有趣的小说，作者用不同的角度来写福楼拜，有时，一整章全是业余学者为福楼拜编的字典，由英文字母顺次编排，写一切和作家有关的人和事：有时，一整章只是写和福楼拜有关的动物；有时，一整章讨论福楼拜没有写出来的小说和意念；有时，一整章就说福楼拜和火车。

福楼拜是一个极不喜欢火车的人，认为火车带给人们进步的幻象。作家觉得，科技的进步必须配合道德的进步才行。福楼拜毕生不欣赏铁路、工厂、化学与数学，从不改变。

5 试卷

小说，当然是作者写给读者看的文字。一般来说，读者只需把小说中的文字从头到尾看一遍就任务完成。不过，《福楼拜的鹦鹉》的作者大概觉得，他已经把福楼拜的一切讲了很多，不如让读者也说说自己的意见。因此，在书末的其中一章，出了一份试卷。

试卷分甲乙两部，既有选择题，也有讨论题，整份卷的乙部，罗列了和福楼拜有关的经济、地理、逻辑（包括医药）、传记（包括伦理）、心理学、心理分析、集邮、语音学、历史（包括占星术）等等问题，和读者一起探讨。试卷的甲部，则是文学批评的项目。

试卷说，如今叫考生来分辨艺术和生活，显然困难了。每一个人似乎都能把艺术和生活区分出来，但观点各不相同。有的人的看法是：生活又浓厚又丰富，仿佛按照古老的乡村菜单，用天然产品做出来的食物；而艺术呢，像厂房制造的糖果，尽是些人造的色素和味道。另外一些的看法却是：艺术更为丰富真实，充满情绪上的富足感；而生活，比最糟的小说还要差劲，全是些烦厌的人、不愉快的事，导向预知的痛苦收场。

试卷提供了六段和福楼拜有关的文字，请参加者思索艺术和生活的问题。文字大都取自作家写给友人的书信，其中一段是给柯莱的信，提到生活与艺术的巧合。

有一天，福楼拜在树林中散步，走到溪流附近一处景色可人的地方，看见满地雪茄烟蒂和食物屑，原来有人到过这里来野餐了。这景况、气候、地点，和他在十一年前在小说中描述的竟一模一样，但当时，他只是凭空想象写出来。福楼拜觉得，人们的创作，原来竟是真实本身。诗篇这科目准确如同几何学。他因此想起：可怜的包法利，无可置疑地，直到如今，仍在法国二十个村落中哭泣。

艺术与生活，根本不是两件事。《福楼拜的鹦鹉》，是传记还是小说？大概也并非不同的事物了。

一九八六年九月

保护网下

1 保护网

本世纪六十年代中期，西德爆发了一次大规模的学生运动。运动过去之后，一部分的大学生对社会采取冷漠的态度，至于另一部分学生，对民主制度感到绝望，走上搞恐怖活动的道路。

一九七二年一月二十八日，西德政府宣布“关于极端分子的决定”:《禁止就业法》，针对曾经参加学运的大学生。新法令规定，凡在公共机构谋职者，必须保证拥护“基本法”，求职者均需接受严格审查，看看有没有违法的行为。

《禁止就业法》的实行，对青年人的就业形成巨大的阻碍。不少精英分子，既有专业知识，又有才干，却无法找到工作，变成失业的群族，冷漠者变得更森严，恐怖活动则展开得更如火如荼。

一九七七年，西德国内接连发生了三大恐怖案件：联邦总检察长遇害；德累斯顿银行行长被杀；雇主协会会长遭劫持，虽然经过多方面的营救，终于仍被谋害。恐怖案件接二连三发生，使政府不得不注意工商界首脑人物的安全。

“保护网”就在这个时候产生。所谓“保护网”，其实是一群警卫人员，负责保护那些社会上的重要人物。银行、钢铁、造纸、煤业等等的巨头，都受到“保护网”的保护。为了工商界举足轻重的人物，政府扩充了联邦刑事局，使它成为欧洲最现代化的缉捕中心，并且加强惩治恐怖分子的刑法。

受到保护的大人物的确不少。无所事事的太太，最新的娱乐活动居然是：检查人家动用了多少保卫人员，从中看出这家人的“等级”，是第一等，还是第二、三等的重点保护对象。

保护网，又何尝不是一个监视网呢。在保护网下，许多人反而变成保护措施下的受害者。

2 伯爵府

托尔姆是报业巨头，他的报业不断扩张，仿佛多头的龙。他并吞了许多报纸，事业膨胀得连他也无法控制。如今，他被推选为雇主协会会长，名誉、地位都显赫，因此他是保护的对象之一，受到了“关心的包围”（德语版的原名直译）。

托尔姆并非富贵出身，父亲不过是一名教师，是个对土地收购发了狂的人。他终日骑了一辆脚踏车，把剩余的钱花在土地上。当然，这也有好处，战后的日子，托尔姆一家人的确可以靠土地来换粮食。托尔姆的事业，主要还是来自舅舅的遗产，那是一份报纸的产业。那份报纸不断膨胀，并吞了不少别的报纸，使托尔姆成为同行中的巨头。

成为报业的巨头，当然也成为恐怖分子谋害的对象了。保护网的保护的确是严密的，如今托尔姆住在一座巨大华丽的伯爵府中，府内各处遍布警卫，室内均安装偷听器。为了保护一家人安全，从外面送进来的食物、用品都得逐一仔细检查。每个电话有录音，托尔姆和妻子讲的话，也都有人听见。伯爵府里面，根本没有个人的私生活，没有两个人的私语。一切都是透明的：透明的人物的动态,透明的每一句对话。唯一没有人可以洞悉的，是屋子里的人脑中的思想。

托尔姆的脑中想着许多事情。虽然身在保护网中，他知道，他的生命受到威胁，随时会有人用奇异的方法来谋害他。譬如说：一个会爆炸的蛋糕，或者，园子里飞行的鸟，说不定其中一只，肚子里装了炸药，直向他居所的露台冲来。还有，他身边的这名侍从，也许就是这个人，在托尔姆沐浴的时候，伸手就可以把他勒死。

托尔姆怀念以前的日子，和父母住在乡下，母亲总是给他煮牛奶羹，这种牛奶羹，后来再也喝不到了。他不喜欢伯爵府，也不喜欢当什么报业巨头、雇主协会会长，他希望自己是平凡的人，过一般自由人的生活。

3 女骑手

莎比纳是托尔姆的女儿，体育界的名女人。父亲是报业巨头，恐怖分子谋害的对象，做子女的，也成为谋害的目标。因此，保护网也罩到了她的家园。莎比纳如今已经结婚，她的丈夫也是显赫的人物。一方面固然由于他是“蜂巢”公司的经理，又是出色的骑手、舞伴、网球运动员、帆船运动员、冲浪运动员、汽船驾驶员，体育报上少不了他的名字；另一方面，他的拈花惹草行为，似乎还要出名，报纸上也不乏那类照片。

自从生了一个女儿，莎比纳和丈夫的感情日渐恶化，她愈来愈发现他的卑鄙面目，连带对居住的这所花园洋房也感到厌倦。保护网的措施降临她家的日子，她更加烦闷了，试想想，她去骑马、买衣服，都得由护卫员跟着，还有小女儿，什么地方都不可以去，以免危险。

莎比纳的邻居们，因为保护网的缘故，竟然也成为保护措施下的受害者了。市区这一带，街上时时刻刻站着身背对话机、照相机的警察，来来往往的人都得受他们盘问、检查。有一位邻居，有一些暧昧隐私的情事，竟给揭发出来。说来讽刺，家家户户被保护措施弄得精神紧张，坐立不安，人人都仿佛生活在金鱼缸里。

最意外的事，还是发生在莎比纳自己的身上吧。她并没有遭受恐怖分子的谋害，而是，在他父亲当选上雇主协会会长的这天，体育报上传来了新闻：女骑手莎比纳怀孕四个月了。那些好事者都懂得计算，莎比纳的丈夫离家出外，已超过四个月之久。他经常因公干，要到海外去，为“蜂巢”建立生产的各个环节、寻找合同、招募心腹，然后得意而归。

莎比纳怀孕了。谁是孩子的父亲呢？保护网的负责人大为震惊，在这么严密的保护和监察之下，莎比纳怎么会和情人怀了孕？

4 失业者

罗尔夫是托尔姆的儿子。在大学里读书的时候，他是热血青年，参加过学运，烧过汽车、扔过石头。虽然，他是受过教育的银行专业人员，还有过实际经验，但如今，却找不到工作。政府发布《禁止就业法》后，他成为被禁止就业的人，和许多知识分子一般，失业了。父亲也没有办法，老托尔姆常常慨叹，要不是罗尔夫扔过石头、烧过汽车，现在已经是银行的经理了。

儿子并没有依靠父亲的接济，他住在离伯爵府二十公里外的地方，到东家帮人修东西，到西家帮人摘水果。人家也总是慷慨地送些东西给他作报酬。他捡木头，劈开锯短，加工后出售。此外，家里又烤些面包、腌渍蔬菜，制作果酱，村子里也有人来买。生活得倒也平静。

罗尔夫渴望过温暖、安静的生活，但他不知道这局面能维持多久，只希望不再为吃饭、住房、穿衣发愁。村子里的人，目光永远是好奇的，觉得他是不同寻常的人物。人们同他谈话，他总是避开政治的问题，只答些他内行的事情，譬如：分期付款、货币、利率、通货膨胀、投资、节约税款等等。

村子里也有上大学的孩子，每逢周末，穿着时髦的服装，开着大学生坐的汽车回来。他们拒绝上教堂，追求性自由，摆出一副左倾姿态，对罗尔夫蹲过监狱怀有敬意。他只觉得这些人幼稚，因为坐牢既非荣誉也非乐趣。他已经渐渐变了，变得冷静而成熟。

罗尔夫结过婚，现在和他生活在一起的是卡塔莲娜，他们有一个孩子，三岁。罗尔夫的前妻是薇罗妮嘉，他们已经分手，她带走了他们七岁的孩子，和活跃分子勃韦洛一起生活。在南方生活吧，在伊拉克或黎巴嫩的某个地方，他们不能回国，因为他们都是通缉犯。

因为罗尔夫是托尔姆的儿子，保护网也把他罩住了。保护罗尔夫，说得正确一点，当然是监视罗尔夫。

5 大雨伞

托尔姆和妻子怎样交谈呢？他的妻子凯特想到了办

法，把头伸出窗外去。但这样子太辛苦了。他们采取了另一个方法：撑一把大雨伞，到大平台上去。于是，两位老人家站在圆鼓鼓的大伞下，谈起天来。

他们谈起伯爵府不久也许就要夷为平地了，但有什么办法呢，即使他们那么富有。伯爵府一带的土地蕴藏着煤矿，为了发掘能源，这里的建筑物都得拆卸，片瓦不存，没有人可以阻挡煤矿的开采。至多是四年，挖土机、传送带、抽水机将一一入侵，平地站起来的将是污染大气的发电站。

他们谈起莎比纳，她已经怀孕四个月了，他们竟然不知道，而孩子的父亲，居然并不是她的丈夫。她一直是一个虔诚的姑娘，羞怯的美人，怎么会发生这种事情？不过托尔姆说，他真的希望莎比纳有一个情人，因为她的丈夫太卑鄙了。他觉得，女儿近来活泼愉快得多了，看见她那么快乐，实在是好事。

他们谈起罗尔夫，谈起他的前妻薇罗妮嘉，她喜欢穿美丽、结实的鞋，他们一起说，在中东，要找那样漂亮的鞋子可不容易吧。他们也谈起罗尔夫的大学同学勃韦洛，这孩子，他们从小就看着他长大，他对女子的脚顶有研究，知道什么鞋适合什么样的脚。他一定会为薇罗妮嘉找到好鞋子。

他们谈起孙儿。莎比纳有一个女儿，如今又怀孕了。罗尔夫有两个儿子，一个在身边，一个却在薇罗妮嘉那里。她会把他送回来吗？带着小孩在身边,对于她的活动，如何方便呢？这小孩归根结底还是罗尔夫的长子、托尔姆的嫡孙。

果然，七岁的小孩回到德国来了。孩子由一位从伊斯坦布［伊斯坦布尔］坐飞机来的土耳其工程师带来的，飞机刚在法兰克福机场降落，那个人就把孩子交给机长事先召来的警察。工程师在土耳其受到一位女士所托，带了孩子，连同五百马克和一封信上机。他自己的孩子则留下了。当时，女士哭得很厉害，他说。

6 皮鞋店

七岁的小孩子从土耳其给带回德国来。小孩一头黑发，身材瘦小、皮肤棕黄，穿着牛仔裤，脚上一双凉鞋，身上是大披巾式的斗篷，头上一顶圆草帽，异国风味十足。罗尔夫把他接了回家，任何人从他的口中都探听不到母亲和勃韦洛的消息。

托尔姆的一位朋友，科尔恰德，自杀死了。他也是受保护网照顾的人物。严密的关照使他神经衰弱，以为每一个人每一个动作都对他不利。可以这样说，科尔恰德是给保护网保卫而死的。

科尔恰德死了，薇罗妮嘉骑了自行车回国来参加葬礼，她终究是这个家族的亲属。不过，她回国还另有意义，因为她七岁的孩子如今是个危险人物。他们之间已经疏远，那些人灌输给他不知什么东西，使他成为既不需炸药也不需引信的危险品。她必须及时通知罗尔夫。于是，一抵达西德边界，她就自首了。

大雨伞并没有用，因为大雨伞隐藏不了秘密。布置保护网的人听到托尔姆夫妻的交谈，他们在伊斯坦布五家著名的鞋店之一中发现了勃韦洛，把他杀死。

托尔姆决定不去参加好朋友科尔恰德的葬礼，而要安葬勃韦洛，虽然大家都劝他别那么做。保护网的护卫为这大伤脑筋，因为防卫困难。托尔姆夫妇还是到公墓去了，留下花圈。

离开公墓时，托尔姆的侍从告诉他两件不幸的消息：莎比纳和她的情人一起私奔了；他们的七岁大孙儿，溜了出来，叫一名摄影师带他到伯爵府去，放了一把火，把房子烧了。凯特只问：有人受伤吗，有生命危险吗？答案是没有。她说：那就算不了什么，我女儿的事，我也不认为是坏消息。托尔姆也开怀朗笑起来。

《保护网下》(*The Safety Net*)，德国小说家伯尔(Heinrich Böll)的作品。

一九八六年十月

仿寒玛丽民谣

1 想起荷索

那是冬天，一艘来自远方的船在大雪中抵达纽约港口。海港的人员并没有发现船的踪影，直至它孤独地闯入了海禁的三海里范围之内。没有人知道船的到达，并不是因为清晨与大雪，而是，远来的船静悄悄的，居然没有一丝欢乐的喧闹声，惊醒岸上的守卫。从欧洲来的船，到了纽约港外，船上的移民总是早就欢呼起来了。

一名海关的职员后来向移民局报告：那船，仿佛一幅剪纸，在黑色的海面上航行，船帆都已破碎，桅杆折断。

约在十五英尺外，风就把船上的气味吹送过来。几乎所有的移民船都有一股臭味，而这艘船的气味更叫人难以忍受。

船从汉堡起程，是一艘普通的小船，载满了德国南部、瑞士、普鲁士等地的移民。船小，几乎把一切东西都移走了，才容纳下五百四十四名乘客。人们挤在一起，真的像货物一般。由于天气不好，船起程时滞留了几天，船长决定改由南路航行，经过气温高达华氏九十四度的水域，航程长达七十天。在这些日子里，船外是天空和海，船内，人们挤在甲板上，躺在破席上，任何人只要动一下手臂就会碰撞到身边的人。船上缺乏通风系统，没有窗。最糟的位置当然是船底第三层，空气污浊得可以窒息灯火，沙丁鱼般的人无奈地等待，再也不为食物的粗劣而争吵。船上到处都是粪便和呕吐的东西。

起初，人们还敢到第三层下面去，渐渐地，再也没有人下去了，底下传来的是人的呻吟和老鼠的尖叫，这情况，一直向上层蔓延。死亡开始时，也没有人理会，由得尸体在甲板上腐烂，直到生了蛆虫，才抛下海。船上没有牧师，没有人为死者祈祷。七十日的航程中，每天有人死去。纽约港的官员报道说，这是一艘鬼船，五百多人中，一共死了一百零八人。

一艘静悄悄的船，在大雪纷飞的早上，寂寂地闯入海港，这画面，令人想起荷索［赫尔佐格（Werner Herzog）］的电影《吸血僵尸》［《吸血鬼》］。

2 或者德沃夏克

海关人员上船的时候，迎接他们的不是船长，也不是船员，而是许多不成人形的儿童。问起他们的父母，都指着船边说：在那边。

事实上，船上的工作人员只死了一个，那是船上的厨师。一名女孩说，厨师是她的父亲。她看来十三四岁，面上没有一丝恐惧和悲愁，自称十二岁，名字叫玛丽亚，答不出姓氏。

十九世纪七十年代，北欧国家出现了移民潮，主要是德国和爱尔兰人民，大量向美国移居。他们穿得破烂不堪，带着极少的行李，不能说新世界的语言，也没有什么文化。

他们遭受的是官员的揶揄、医生的讥讽，随身带的一些纪念品——项链、戒指，都拿去贿赂海关的人员了。

移民抵达纽约，首先进入的是叫作花园城堡的建筑物，本来是一座赛狗、赛拳的场所，又改成过歌剧院，如今辟为移民营。这里有六千座位，和可以容纳四千人站立的空间。改成移民营后，一切并没有多大的变更，只不过墙纸剥落了，华灯拍卖了，包厢都改装为浴室。任何移民想进入新世界，必须先彻底淋浴。

新世界是净土。移民脱下所有的衣服，交给官员消毒，在莲蓬头下彻底清洗自己，穿回衣服。然后，痛苦的询问程序才告开始：从哪里来，到哪里去，怎么来，有多少钱？最后的问题当然最重要。移民与仅有的最后一批纪念品，从此永别。

一艘船，抵达异国的港口，悄悄地，在大雪纷飞的早上，载满侥幸生还的人。使人想起什么呢？荷索的《吸血僵尸》，还是德伏扎克［德沃夏克］的《新世界交响乐》？

海关人员上船来了，下令立刻把船消毒。这时，玛丽亚站在甲板上，双唇冻得发紫。一名官员问：谁带这孩子上花园城堡去？一名医生见小孩可怜，决定由自己来收养她，他带她进移民营，然后，把她带回家。

3 厨师玛丽

玛丽亚幸运地进入新世界了。她的监护人是杜夫海玛医生，住在纽约东区，家中有一名女仆。他查过了玛丽亚的档案，所知不多。他问她的姓名、亲属、年龄，都不得要领。他相信她不是厨师的女儿，她的亲人一定在船上丧生了。他称她作玛丽。

医生待玛丽不错，带她去买些衣物，答应让她入学读书，然而，玛丽不答话，她只说了一句英语：我会烹饪。医生会讲德语，所以，两人之间并无语言上的隔膜。

玛丽进入医生的家不久，女仆就辞工不干了。她觉得，主人带了一个女孩回家，是一件不光彩的事。主人既没有结婚，家中多了一个年纪看来不小的女孩，她看不过眼。医生挽留女仆不住，只好由得她走掉。如今，玛丽承继了女仆的工作，她打理家务。医生下班回家，发现玛丽已经做好了晚餐。玛丽说得不错，她会烹饪。

玛丽说船上的厨师是她的父亲，事实可能不准确，但是,玛丽必定在厨房里学会了不少本领。医生渐渐发现，玛丽不但会烹饪，还是个烹饪迷，她喜欢厨房，整天在里面研究食物，还找烹饪的书籍看。

邻居也渐渐认识玛丽了。她上街买菜，学习讲英文，回家煮食,生活得不错。可是,医生忽然生病了。一天早上，医生没有起床，眼睛流泪水，头很热，在床上辗转呻吟。玛丽喂他喝茶，中午又给他煮了一碗汤，放在床边的小几上。外面下雪，玛丽关上所有的窗子。第二天早上，有人摇门铃，玛丽透过窗玻璃看见一个男人的影子，但她不开门。访者一小时后再来，用伞柄敲门玻璃，玛丽仍不应门。下午五点，医生背诵起儿童诗歌来，痛苦呻吟。再过一阵，竟死了。

玛丽在船上见过许多人死亡，她念了一阵祷告，把一束蜡花放在床上，然后带了一点钱，包了两座银烛台和一只瓷碟，写了一张纸条，离开了医生的家，消失在大街上的人群之中。

4 伤寒玛丽

玛丽喜欢烹饪。医生后来怎样，玛丽可不管了。她自己又孤独一个人了，报纸上有不少聘请女仆的广告，玛丽如今能读能讲英语，她总去应征。她到别人家中去当女仆，主要的还是，让她进厨房烹饪。

奇怪的事情发生了，玛丽每到一家人家去当女仆，结果，那家人就一个一个地死掉。而她，悄悄收拾包袱，又离开了屋子，消失在人群之中。玛丽仿佛是死亡天使。事实上，她愈长愈漂亮，烹饪术也愈来愈精。只是，每到一处，吃过她烹煮的食物的人，都不幸地丧了命。

玛丽进入的家庭愈多，死亡的人数相对激增，她还为食堂烹饪，为医院工作，更多的人遭了殃。终于，医务处的工作人员展开调查、研究，认为玛丽是带菌者，人们患的病症是伤寒。至于玛丽自己，她一点病征也没有，伤寒只从她传播出去，她安然无恙。

没有人知道玛丽的下一个目的地是什么地方，医务人员到处找寻她、追踪她，甚至把她拘捕，留在医院中监管。但她也会到处躲藏，转变身份，在监管下逃走。玛丽从不选择别的职业，她对烹饪的狂热，使她成为无数人的索命者，也留下追捕她的最佳线索。

伤寒玛丽的名字变得街知巷闻。有人说，这次，死的竟是有钱人哩，只有有钱的人才请得起女仆和厨师。只有狄更斯，才会写些穷人死亡的故事。

只要找遍纽约所有的厨房，总能找到伤寒玛丽。结果，她又被拘捕，签下一份声明，从此不参与任何烹饪的工作、不接触一切他人的食物，每三个星期要向卫生处报到。但不久，她又失踪了。

玛丽最后的日子是在囚禁的医院中度过的，死后也没留下什么，倒有一份菜单、几只碟子、银烛台和很少的钱。在她的一生中，她从不承认自己杀害过人，因为她没有患上伤寒症，也不相信伤寒和她有关。

5 伤寒玛丽民谣

把“伤寒玛丽”的故事写成小说的人是瑞士小说家弗德史比尔［菲德斯皮尔（J.F. Federspiel）］。原著用德文写，这是他的第一本英译。小说的全名叫《伤寒玛丽民谣》（*The Ballad of Typhoid Mary*）。为什么叫民谣呢？书中的叙述者说：是因为歌德，他同意民谣可以有许多不同的形式。故此，叙述者采用民谣来称呼他的传记体小说。伤寒玛丽的故事，乃是伤心玛丽的故事。

小说的叙述者是一名五十八岁的儿科医生，他家五代都行医，他和他的儿子是医生，他的父亲、祖父、曾祖父都是医生。而一切还得由他的曾祖父说起，因为这位曾祖父是伤寒玛丽的同乡。

叙述者的家中，有一份祖父留下的伤寒玛丽病历个案记录，他就凭这些资料来写小说。他说，数据是泉源，其他的全是想象。至于写小说的原因，完全由于伤寒玛丽是祖先的乡亲。

透过伤寒玛丽，叙述者回溯了祖先们的时代。玛丽抵达新世界的时候，世界是怎样的呢？住在天鹅堡的巴伐利亚王鲁域［路德维希］去世了；在古巴，掀起了一场反西班牙的革命；在美国，黑人获得了投票权；华格纳［瓦格纳］完成了《尼柏龙根的指环》［《尼伯龙根的指环》］、布拉姆斯［勃拉姆斯］完成了《德意志安魂曲》。透过伤寒玛丽，叙述者也描述了一百年前的纽约，以及他如今生活的地方。他就这样时空交错地讲故事。

电视上有一个叫“信不信由你”的节目，专门搜集一些资料，推翻人们心目中已确实的事情。譬如：莎士比亚的作品并不是莎士比亚所写、圣女贞德并不是在刑场上遭焚死，而是寿终正寝。至于伤寒玛丽，人们认为：她并不带菌。

电视上也播送了一些移民的报道，黄种人在白种人的地区并不受欢迎，当地人公开发言：黄种人回家去。哪里有美丽的新世界？移民，在别人的眼中，都是带菌的伤寒玛丽。

一九八六年十一月

四博士

1 金发彗星

加斯柏 [卡斯帕] 是一位非洲地区的国王，他是黑人，他的国民也都是黑人，他们的头发都是黑色的。这天，消息传来，尼罗河上空出现了一颗彗星，那是一颗拖着长发的彗星，星发的颜色是金色的。

国王不明白金发彗星的出现是什么意思，可能是指后来他在奴隶市场上见到的异国女子。她有一头金发，肤色雪白，和她的兄长一起，被海盗劫掠，带到市场上来出售。国王把兄妹一起买下，带回皇宫。

金发的白种女子，对国王来说，十分新奇，于是纳她为妃，而且宠爱她。国王以为天上出现的金发彗星就是他心爱的妃子，事实却不。不久，国王就发现异乡人并非兄妹，而是一对恋人。

彗星在空中运行，国王非常伤心，他失去的不仅仅是爱人,而是颜色。他觉得,金色与金色相吸,而他是黑色的，遭受排斥。宫廷中的臣子提议国王出外旅行，到远方去。到哪里去呢？何不跟随彗星的方向，它从南方来，向北方去。于是国王决定去旅行，就说，官式访问一位白人国王吧，譬如，耶路撒冷的希律王。

非洲国王沿尼罗河而下，直达底比斯，横过冈诺波里斯峡道，到了红海边，然后渡红海，北上希布隆［希伯伦］，就在这个地方，遇见了另一大队人，为首的是来自巴比伦地区的国王巴达沙。希布隆的马支比拉［麦比拉］洞穴，相传是亚当、夏娃、阿伯拉罕［亚伯拉罕］等人的墓地，也是最初上帝造人的地方。巴达沙国王拾起一把泥土说：创世记里记载上帝依照自己的肖像和模样造人。为什么要用两个形容的名词呢？模样是接近灵魂的相似，包括整体；而肖像则指外表，属于脸面。伊甸中的人兼备上帝的肖像与模样，逐出乐园后，只剩下肖像了。加斯柏国王也拾起一把土泥说：按照希伯来文，“人”有红土和黄土的意思。既然手中的泥土是棕黑色，亚当可能是黑色，那么夏娃也是黑色，他们的后代都是黑色。

2 蝴蝶天使

国王巴达沙如今已是一个老人了，小孩子的时候，他喜欢蝴蝶，他总是带了网去捉蝴蝶。有一次，他深入偏僻的郊外，遇见一个搜集了千千万万蝴蝶品种的隐士，隐士送给小孩一只罕有的蝴蝶和一瓶没药。隐士说，没药可以保存物质。后来，小孩的蝴蝶被捣坏了，这是他一生中最痛苦的日子。

小孩长大后当上国王，但他不再搜集蝴蝶了，他搜集的是艺术品。他常常出海，到邻邦去，带回来雕像、陶器、象牙、地毯，放在博物馆里。有一次国王出海回来，发现国内的暴民反叛，把博物馆毁了。国王非常伤心，他不知道怎样保存美好的东西，即使有一瓶没药，看来也不中用。同时，在艺术品中，他又发现了肖像和模样的分离，许多作品都是浮面明丽，没有实质的深度。

天上出现了一颗光亮的彗星，国王看见彗星，仿佛见到少年时捕捉的蝴蝶，这光亮的新蝴蝶也在天空中飞行，仿佛蝴蝶的天使。于是，国王决定再出外远行，追随星的方向，看看有什么收获。是在希布隆的地方，他遇上了另一位来自非洲的国王。

两位国王一起朝耶路撒冷前进，这时，另外有一个人混入了他们的队伍，那是柏米拉地方的一位王子。没有人知道他的身份，因为他的打扮像个乞丐。王子是从国家逃出来的，他的父王刚逝世不久，叔父就夺了权，并且追捕他。王子只好出国逃生，身上唯一的财物，只是父王遗给他那挂在颈上的金币。

王子混在国王的行列中到了耶路撒冷，来到希律王的宫廷。犹太人的王热烈地招待他们，讲述了作为国王，他也有不幸的过去，并且说，他已年老，没有子嗣可以承继王位。人们传说将有一位王在他的境内降生，他希望东方来的国王找到新王，回来告诉他。

东方国王和王子追随星的指示，朝伯利恒而去。

3 灰驴述事

马槽里面并没有马，只有一头牛和一匹驴子。

牛一声不响，只喜欢思前想后。它可以追溯遥远的年代，譬如说，它的祖先，源自古老的埃及，就是牛头的阿比斯神，由一头贞牛受到电光袭击，怀孕而生。阿比斯神的额上有弯月的标记，背上站着一头鹰，舌底下藏着一只圣甲虫。不过是一头普普通通的牛罢了，竟然背负了那么多的历史。

驴子和牛不一样，它是一个话盒子。它说它是一匹穷人的驴，这天，主人带它上伯利恒，找到了一间小客店投宿，而它，则牵进了客店旁边的马槽里。这时候，马槽里什么也没有，除了一地干草外，只有一头牛。过了不久，有一对夫妇进来了，妻子怀了孕，就睡在地上的干草上。

驴子不久就睡着了，半夜醒来的时候，觉得整个世界好像正在转变，一切异常静寂，为了维护这静寂，河水不流了，鸟儿不飞行了，草不长了，连萤火虫也把光亮隐藏起来。忽然，驴子听到了婴孩的啼声。整个世界又突然醒转，充满生机与欢乐。它听见溪水潺潺流动，黄沙在沙漠中飞旋，它看见马槽的屋顶上出现一颗闪亮的彗星。接着，门口打开了，进来的是天使加百利［加百列］。

接着，来了许多人，首先是牧羊人，他们带来牛奶、乳酪、牛油、橄榄、橡子和枣子。没有人带鱼和肉来，只有一个人献上一头羔羊。牧羊人离去后,马槽外一片骚动，人声嘈杂，听起来都是外方的口音，而且出现了许多奇异的动物，既有尼罗河的鹰、猎犬、绿鹦鹉，又有来自极南方的马、骆驼，不过，没有象。原来是东方三博士到马槽来了。

真可惜，驴子的主人这时候也到马槽来了，带走了驴子。因此，驴子没能见到东方博士，无法向我们继续讲述它离去之后马槽里热闹的情形。

4 糖食宫殿

印度西南的马拉巴海岸也有一个国家，王子已经二十岁了，但政权掌在母后手中。自从国王逝世，王后夺了权，一直想办法把王子赶走。王子喜欢吃糖食，有一次，臣仆献给他一颗异域的果仁软糖，吃得他如痴如醉，加上母后的怂恿，决定到海外去寻求糖食秘方。

王子带了一串船队出发，船上满载各类干果、香料、糖胶，连同最出色的制糖果师傅，还有十二头大象。经过许多城市，到过许多国家，王子并没有访到什么糖食秘方，却在半途上遇见了从耶路撒冷回来的东方国王。他们说追随一颗星：见到了人们所称的王，睡在马槽里。

东方国王各有得益，国王巴达沙说他见到肖像和模样又合而为一了。乞丐般的王子说权力并不等于武力，柔可制刚。国王加斯柏则说只有他一个人看见耶稣是黑色的。各人都说知道回国后该做什么，有的将继续搜集艺术品，有的要释放奴隶，有的会放弃暴力夺权。各人并且把自己最珍贵的没药、金币和乳香献给了婴孩。

印度王子继续上路，他也到了伯利恒城，可是，他来迟了，马槽已空。人们告诉他，婴孩和父母都回拿撒勒去了。王子觉得很失望，但他觉得他可以做一件事。既然他的船上有那么多好吃的东西，就请伯利恒的小孩大吃一顿吧。于是，王子命糖果师傅把各种干果食物做出最好的糖来，这些人果然建造了一所巨大的甜品宫殿，让孩子们进去游玩和品尝。

王子并不打算邀请父母，所以，两岁以下的小孩都没有参加，两岁以上的小孩子来了不少，打扮得整齐漂亮，有的穿上白袍，头上还戴着玫瑰花冠。整个晚上，孩子们喝牛奶、蜂蜜、吃布丁、蛋糕、馅饼、冰淇淋、胡桃酥，食物多得不得了，宴会一直持续到天亮。

清晨，消息传来，是希律王下的命令，一夜之间，城内两岁以下的男婴都给屠杀了。

5 盐矿地狱

甜品王子回国去了，当他经过死海边的时候，看见一群兵士抓住一个人,说是偷牛贼。法官也没听被告的申词,只说判他坐牢。被告苦苦哀求,说,如果坐牢,没有工作,怎可以赚钱赔牛?这时,偷牛人的妻子和四个小孩都在一边哭泣。王子于心不忍,决定替被告偿还债务,但王子并不知道,他代人偿还的代价是三十三年的盐矿苦役。

王子变成了苦囚。然而,他并不后悔,他知道,母亲并不希望他回国,至于他出国时带的船队,有的已经沉没,他的仆从,许多都已逃走,和他一起横过沙漠和死海边的只得一个仆人而已。王子还给随从自由,自己进入矿场。从糖到盐,真是多么奇异的旅程。

王子下的盐矿,就是当年所多玛和蛾摩拉的遗址,罗得的妻子,曾经变成一根盐柱。如今,这地方一共有九十七座盐矿,有掘盐者、运送者和炼制者。盐矿十分坚固,所以不需要搭架支撑,但是矿内黑暗、缺水、炎热、空气混浊,简直是一座地狱。

矿场下有许多人,王子和他们一起默默工作,有时也和三两个人聊聊。有一天,王子无意中发现其中一人是做糖的,问起果仁软糖,不费吹灰之力就得到了制造的方法。从印度出发，找了那么久，秘方竟轻易获得。不过，这时候，果仁软糖对王子已经失去了任何意义。

三十三年之后，王子服役期满，从盐矿释放出来。上哪里去呢？他一路流浪，听到有关救世主的传说，决定去看看这个人。于是，他到了耶路撒冷。这次，他又太迟了。逾越节的时候，他抵达一间小客店，找寻一个叫耶稣的人，但是人们告诉他，十二门徒和他们的老师已经离开。

《四博士》(*The Four Wise Men*)，法国小说家米修 ·杜尼埃 [米歇尔 ·图尼埃 (Michel Tournier)] 的作品。第四位来自东方的博士，永远迟了一步。

一九八六年十二月

别的火

1 转喻

在一个小小的村镇，住着一个身体瘦弱，模样不漂亮的男子，不过，他拥有一所房子，屋子旁边又连着一间杂货铺。因此，他倒也能娶到一位妻子。他自知缺点，所以，没有娶才貌出众的女子，只选了一个穷家女，普普通通的相貌。

谁也没想到，结了婚之后的穷家女因为不用挨苦工作，吃得好，穿得好，竟然变成了美人。她在杂货店里帮助丈夫打理店务，吸引了许多人。其中，就有一名军曹来买东西了，而且，渐渐地，就和美丽的女店主暗暗地相恋起来了。

不久，军曹随着队伍给调到别的地方去，相恋的人只得分开，军曹写了许多情书给她，而她，又忧郁又伤心，茶饭不思，苦苦相思。这件事，结果当然给丈夫知道了。这一天，他再也忍不住，拿出抽屉里的手枪，跑到店铺中砰砰砰放了三枪。店内顾客正多，人们只听见一个女人的尖叫，有人倒地。丈夫到警署去自首了。

警官问：你把妻子杀了吧？他说不。他说他才不会杀妻子，因为她是他的妻子，又美丽，又勤劳，店里一切的事都靠她，她懂会计，又会写信做买卖，他绝不会杀她。那么，警官又问：你把军曹杀了吧？他说也不是，军曹给调走了，不在这里，杀他不到。警官问：那你把谁杀了？他答：我杀了邮差。因为是他把信派来，是那些信使我的妻子神魂倾倒，哀伤欲绝。

上述的故事，是巴西作家拉楚·迪·姬罗丝［雷切尔·德奎罗兹（Rachel de Queiroz）］写的。她为什么要写这个故事呢？原来颇有缘起。一九三〇年时，姬罗丝出版了她的第一本小说，有个文评家指斥她写了男主角晚上出外时“胸前没扣纽扣”,应该写他的“衬衫”没扣纽扣,不是“胸前”。作者羞愧无语，接受责备。可后来作者的拉丁文教授告诉她，她并没犯错，她用的描述法，正是修辞格中的转喻。

2 宴庆

母亲说：我不想你去，因为那是有钱人家的宴会。不过，罗素拉却说：有钱人也上天堂的哩。今年，罗素拉九岁了,她在学校里也读圣经,她是班里成绩最好的学生。母亲叫她不要参加露西安娜的生日派对，但女儿口口声声说露西安娜是她的朋友，而且，她邀请了她。

露西安娜家很有钱，房子又大又漂亮，罗素拉常常到她家去，两个小女孩一起做功课，在厨房里喝茶，讲些私己话。罗素拉的母亲老是说：别以为别人真把你当朋友，你是谁？你不过是露西安娜家里一个女仆的女儿。

罗素拉和露西安娜并不是同学，她不过是跟母亲一起上露西安娜家去，才认识这位富家千金的。罗素拉觉得母亲对有钱人有偏见，她想，有钱人又没罪。她又想，假若有一天，她住在一座美丽的宫殿中，母亲仍会爱她吗？

宴会的日子到了，罗素拉穿上圣诞节才穿的漂亮衣服，母亲早已为她浆熨好了，她还用苹果醋洗过头发，这样，头发就会又干净又光亮。许多小孩子也来参加露西安娜的生日会，他们都是她的同学。所有小孩子都不准到厨房去，只有罗素拉可以，太太是这样说的，你可以去，罗素拉，别的小孩不可以，因为他们会打碎东西。

生日会真热闹，吃蛋糕啦，看魔术表演啦，罗素拉帮忙把蛋糕分派给各位小朋友，又帮助魔术师抱着猴子让他变戏法。最快乐的宴会也有结束的时候，于是大家都说再见了。每个小孩子离去的时候，太太都送他们一件礼物，女孩子送一个手镯，男孩子送一个摇摇。罗素拉想，她今天帮了许多忙，尽了许多力，太太一定送她一个手镯和一个摇摇。她走到门口和太太道别，太太从手袋中抽出两张钱币来，说：这是你赚回来的，谢谢你的帮忙。

莉莉安娜·海克［利利亚娜·海克（Liliana Heker）］，阿根廷作家，写了上述的故事。前不久在书店里见到一册拉丁美洲女作家的短篇小说翻译集，叫《别的火》(*Other Fires*)，这是其中的一篇。

3 居所

我们在当地时间早上八点半抵达这个城市。我们觉得，这里的气候好极了，是春天。城市内一片青绿，异常干净，街道并不宽阔，它们根本不是马路，而是田园小径，两旁种满果树，果实累累。

城里没有高楼大厦，没有商业区和工业区，房子都是平房，白色的小屋，前面有花园。屋内家具齐备，瓶内插了鲜花，早餐放在桌上，微风拂动纱窗帘。不过，屋内没有人。街道上也没有一个人。

这是一座理想的城市，如此安静、清洁。想想我们住的那地方，城市是灰色的，到处是工厂的烟囱，没有树木，摩天大厦林立，贫民区占据城市的各个角落，车辆阻塞道路，到处是灰尘和喧声。对比起来，我们抵达的这座城市简直是一座金城。

我们终于见到了人。他们都在广场上。我说“广场”，其实不大对，这里的广场和我们的不同，不是水泥的建筑，也不是公园那样的地方，而是原始的土地，未开垦的平原。城市里的人都在这里，躺在地上，头发掺混了草叶，微风拂动他们的衣衫，他们的头发上的蝴蝶丝带，衣衫上的花边都在风中飘逸。他们并没有死亡，都有呼吸。

我们走到他们身边，用手在他们的眼前摆动，和他们说话，但他们仿佛鱼一般，开口吐出些空气，并不回话，甚至沉默不言。这些人什么也不做，也不交谈，只躺在地上，睁大眼睛。他们什么也不必做，科技如此发达，电子仪器把一切都安排妥当了。

主公，自从离开我们的星球到处探索，这是我们抵达的美丽的城市，我已向您详细汇报。至于我，我宁愿劳苦流汗，宁愿住在喧闹、污浊、窄狭、多车的城市，总比躺在草地上什么也不做等待死亡好些。

科幻小说在西班牙及葡萄牙作品中并不多见，阿根廷的安芝利嘉·高洛迪莎［安赫利卡·戈洛迪莎（Angélica

Gorodischer）] 比较例外，她写了一些。

4 美食

每当下雨，雨滴打在窗上，我又听见他们的哀号了。声音那么尖锐，仿佛刺穿人的皮肤。声音随着水温提高，我仿佛又看见它们的小小黑珠子似的眼睛，在眼眶内浮出来。

它们在雨季诞生，长在菜园里，藏在叶子下，躲在茎枝上，或者缩在湿草中。人们在那些地方找到它们，把它们拖曳出来，拿到市场上去卖，价钱挺不坏。一般来说，五个仙三只，如果数量多，十五个仙一打。

我家每个星期总买它两个比索，成为星期日的上菜，用来招待嘉宾。当人们称赞烹饪精美，母亲就会说：没别的地方煮得更可口了。

我记得那幽暗的厨房，以及烹煮它们的锅子和木匙。厨子是一个肥胖的妇人，对它们的叫喊充耳不闻。她继续扇炉火，烧红火炭。我住在屋子的顶楼，仍能听到它们尖叫。总是下雨天，它们的呼喊混合了雨声。它们仿佛要经过整个世代才能死去，它们的痛苦似乎永不终结。我就留在房间里，把头埋在枕头下，但在枕头下，仍能听到它们的呼号。

有时候，我在半夜中醒来，仍能听到它们在悲呼。我不知道它们是否仍然生存，还是，它们的叫声已经存入我的体内，进入我的耳膜，侵入我的脑海。不管是体内或体外，都使我心碎。

有时候，我看见上百只小眼睛贴在滴水的窗玻璃上，闪闪亮的黑色、浑圆、流泪的湿眼，乞求怜悯。但我们家中并无怜悯。没有人为残酷感悟。那些眼睛和哀号一直追随我，直到如今。家中的人有时叫我去买它们，我总是空手回，说找不到，家人知道我说谎。烹调它们是一件繁琐的事，得喂它们吃罕有的草药，仔细地洗得非常干净，然后放在锅中。水渐渐热，它们就开始哀号了。

《美食》，墨西哥作家安柏萝·戴维拉［安帕罗·达维拉（Amparo Dávila）］的短篇小说。

一九八六年十二月

【卷三】

卖氢气球的人

刚好是
春天 当世界泥巴巴地
采丽 那小小的
跛足的卖氢气球的人

吹着口哨 遥远 而微细

于是艾迪和贝儿奔跑前来
打从滚弹子和
海盗的游戏而这是

春天

当世界水洼洼地奇异

那古怪的

卖氢气球的老人吹着口哨

遥远　而　微细

于是蓓蒂和伊沙贝尔舞蹈前来

打从造房子和跳绳的游戏而

这是

春天

而

　那

　　羊足的

卖氢气球的人　吹着口哨

遥远

而

微细

Chansons Innocentes

in Just-

spring when the world is mud

luscious the little

lame balloonman

whistles far and wee

and eddieandbill come

running from marbles and

piracies and it's

spring

when the world is puddle-wonderful

the queer
old balloonman whistles
far and wee
and bettyandisbel come dancing

from hop-scotch and jump-rope and

it's
spring
and
    the

        goat-footed

balloonMan whistles
far

and

Wee

春天是怎样的？诗人衣衣·康明思［肯明思（E.E. Cummings）］笔下的春天，是一个童话般的世界。他看见积雪融化了，冰封的天地渐渐消失，小孩子都跑到户外来游戏。

秋天是干燥的，春天却是泥泞的：这里是一堆湿泥，那里又是一处水潭，但这些水和泥的天地，正是儿童最喜欢的游乐场所。因此，即使是泥和水，也变成泥巴巴地采丽和水洼洼地奇异。

在春天，小孩子跑到户外来做什么游戏？他们所做的都是传统而古老的游戏，真正的游戏。男孩子照旧玩滚弹子，扮演海盗；女孩子则跳绳，造房子。从这些游戏来看，我们可以知道，那些儿童都是八九岁天真的小孩。在这些孩子的心中，充满了神话和故事。

八九岁的儿童，喜欢很多新奇的事物，他们会喜欢肥皂泡、棉花糖、动物木偶，以及氢气球。于是，春天来了，卖氢气球的人也来了。氢气球是美丽的，带来了梦想和新奇，带来了冬天以后的彩色的世界。

卖氢气球的人，是一个老头，是一个小小的人，是跛足的。当他出现，他会吹着口哨，那声音，遥远而且微细，但是，小孩子都听见了。即使口哨的声音很远，很低，儿童的感觉是敏锐的。于是，他们舍弃他们的游戏，跑来寻找卖氢气球的人。

男孩子是怎样前来的？他们是奔跑而来的。他们喜欢奔跑。滚弹子是滚动的游戏，兵士和海盗是奔跑追捕的游戏，所以，男孩子都跑来了。

女孩子不是奔跑而来的，她们舞蹈。女孩子喜欢舞蹈。跳绳是跃动的，造房子是独脚跳的，女孩子都以跃跳的姿势前来。

卖氢气球的人没有奔跑，也没有舞蹈，他是用一种奇异的与众不同的步伐前来的，像一个跛足的人。或者是因为，他已经老了。不过，这个卖氢气球的人不是普通的人。康明思最初告诉我们他是跛足的（使我们觉得这卖氢气球的老人，真可怜呵）。最后，诗人把谜底揭开了，他告诉我们：那“羊足的”卖氢气球的人，吹着口哨来了，他不再是一个“小小的，跛足的人”，也不再是“老人”，而是“古怪的羊足的”人。

羊足的人，是谁呢？还会是谁，当然就是希腊神话里的“潘”（Pan），人身羊足，头上有角的牧神。（原来不是小小的跛足的可怜的老人呵。）

其实呢，诗人的感觉是敏锐的，只有儿童和诗人，能够知道牧神的降临，只有他们知道他。

第一次读康明思的诗，是翻开了一册儿童诗歌选集，碰见了他的这首诗。原来用的题目只简单地重复了诗首第一行的“刚好是”，与很多常见的无题诗一般，不算诗名。后来阅读他的全集，才知道这首诗的名字总称《纯真的歌》，而且一共有三首，《刚好是》是三首中的第一首。

最初读康明思的诗，感到很惊讶，因为他的诗用字异常特别，根本不理会文法结构和语法常规。譬如说：别人的诗，诗行第一个字的第一个字母必定是大写，而他用小写。英文中的“我”字，一般上是大写，他则用小写。有许多字，应该一个一个分开，他却把它们连排在一起，成为很长的新字，至于一个字的字，他则把它们截断，分列为字母的片段，等等。举一个例子，他最著名的创作字是把“人类”这个字改了。“人类”是由“人”和“慈”两个字组成的（mankind），康明思在这两个合组字间加了两个字母，使那个字变作了“人不慈”（manunkind）。因此，从表面上来看，康明思是喜爱耍文字游戏的诗人，其实，他不断创新，敢于突破，赋予文字以新的生命力。

在《刚好是》一诗中，康明思同样采用了他一贯的创字风格，譬如男孩子和女孩子的名字，他就把三个字合成为一个，而且名字全部小写。本来，那三个字应该是：艾迪，和，贝儿；蓓蒂，和，依沙贝，他把它们连接成：艾迪和贝儿，蓓蒂和依沙贝。分别是有的，因为字和字挤合在一起，读起来就更快速和利落了，而且有了连音的效果，对于一群奔跑舞蹈的儿童，更加动态化，加速了行进的速度。

全首诗的起行都用小写字母，但有两个字却用了大写字母，一个是“刚好”，一个是“卖氢气球的人”的“人”字；前者仿佛游戏，但这个字的意思是公正，是牧神的形容词么？后者则强调这个卖氢气球的人不是常人，而是牧神，所以变成大写。

诗里面有一个奇怪的字：是“和”，一共用了十二次，它的意思既是“以及”,“与”,“于是”,又是“同”或“而”，有承上继后的作用，这个字是诗的环扣，把诗一节一节连串起来，并且使这首诗变成一首歌谣一般，可以不停地轮唱下去，像这样子：

而春天来了，而世界泥巴巴，而卖氢气球的人吹着口哨，而男孩子跑来，而女孩子跳跃来，而春天来，而世界水洼洼，而卖氢气球的人吹着口哨……

这首诗，好像散漫，其实很紧凑，而且很有规律地每四行即出现一行单行。至于“遥远而微细”,一共出现三次，每次的姿态不一样，真的让我们觉得，那牧神的口哨声音很遥远，微细。从文字的排列，还看到动态，由近而远，牧神来了又走了。

一九七九年二月

容易的决定

吃过了饭
我出去散步
外面天气很好
我开始吹口哨

没多久

我遇见一名
男子和他的妻子乘着
一匹小马而七名

小孩在旁边跟着跑

我打了个招呼

继续走
不久我遇见另外
一双夫妇
这次和十九名
小孩大家一起
骑着
一匹大的笑嘻嘻的河马

我邀请他们回家

An Easy Decision

I had finished my dinner
Gone for a walk

It was fine
Out and I started whistling

It wasn't long before

I met a
Man and his wife riding on
A pony with seven
Kids running along beside them

I said hello and

Went on
Pretty soon I met another
Couple

This time with nineteen
Kids and all of them

Riding on

A big smiling hippopotamus

I invited them home

把这首诗看完，好像看过的不是一首诗，而是一部卡通短片。写这首诗的肯尼思·柏青［肯尼思·帕钦（Kenneth Patchen）］好像不是提起笔来写下许多字，而是提起笔来，画了一组动画，画了小马，大河马，好天气，以及许多小孩。

我自己的感觉是这样：读这首诗像是在看动画，而且是看的一部彩色动画。一开始的时候，是在家里吃饭，屋子里是橙色的，然后，吃过饭的人到外面去散步了，户外是一片蔚蓝的天空，浮着白云。

没多久，画面变成灰色了，因为有一名男子和他的妻子乘着一匹小马，而他们的七名小孩在旁边跟着跑。不久，动画的彩色全部转为粉红色，因为这一次是一双夫妇和他们的十九名小孩一起骑着一匹笑嘻嘻的大河马。

很简单的一首诗，但作者借此对两个家庭的生活态度表达了自己的意见，作了一项容易的决定。对于第一个家庭的父母的态度，他显然是不赞成的，小孩子都变成猫儿狗儿了。而且，两个成年人骑着一匹小马，对于小马真是太大的负荷。

相反来说，第二个家庭的成员，呈现了一片欢乐的景象，孩子虽然多，但一点烦恼也没有，大家一起骑一匹大河马。从河马笑嘻嘻的面貌来观看，这个家庭是和谐、快乐的。所以，作者邀请他们回家。

遇见这首诗的时候，以为它是一首很年轻的诗。首先，它有一种天真的稚趣，诗中令人想到人口膨胀的问题，而作者却是乐观的，认为得看父母的责任感和爱护儿童的程度，即使十九名小孩也可以比七名小孩幸福。其次，这是一首十分明朗的诗，而诗的明朗化似乎是近年来的蓬勃事。后来翻过一阵书本，才知道这首诗原来已经二十七岁，时间一点也没有把它淘汰，它依然清新可喜，读着读着，令人也不禁吹起口哨来。可见一首好诗是耐读的，并不受时间的局限。

《容易的决定》是诗集《当我们一起在那里》中的一首。

肯尼思·柏青出版了很多诗集，他的诗集，比上述诗里的小孩子还要多。最特别的是，他的诗集中有许多插画，几乎每首诗插一幅图，有的诗集，又可以两边看，充满实验性。这，也许是因为他读书的时候进过一间叫阿历山大·米可庄［亚历山大·米可庄］实验学校的缘故。

肯尼思·柏青不是静态的诗人，他个人和他的诗一般，都充满动感，不但写诗，还到处朗诵，灌唱片，以爵士乐伴奏，除此之外，他还写剧本，绘画。他是美国人，一九一一年诞生于俄亥俄，在铁钢厂做过事，又做过其他各式各样的工作，他的生活经验丰富而且多姿多彩。

柏青的诗，比较特殊的是他选择的题材，他会写一些他心目中奇奇怪怪的事情。举一个例子来说，他有一本诗集名叫《因为它是》，里面每一首诗的题目都叫“因为”，因为些什么呢？

因为街道坐在那里替自己抓痒，因为山里的一扇门打开了，因为杉树和猎户星座握手，因为我的手听见花朵思想，因为到没处去需要很长的时间，因为日落在五点半来临，因为我姊妹在月亮上看见莎士比亚，因为一头牛嚼掉火车的车轮，因为每个人的钟保持不同的时间，等等。诗里面充满奇异的人物，动物，事情，又是故事，又是童话。

动物是柏青诗中的重要主角，翻开他的诗集，就像进入动物园，大家会遇见睡在公园椅上的老虎，划艇的狗，被墨水溅了一身的马。至于人物，也像马戏班一般，有的人比他自己矮,有一个人是吹芹菜笛子的。在一首诗中，他说，床去睡觉了，椅子坐下来，地板走来走去。而事实上，床是让人躺在上面睡觉的，椅子是让人坐在上面的，地板却是让人在上面走来走去的。柏青的诗就是这样地把现实反转。所以，读他的诗，是在看卡通片，一切的超现实景象都成为趣味，而诗，为什么不可以是卡通呢？

一九七九年二月

山水

智利

观看智利圣地亚哥的农民是一种乐趣
在闹市的街道上往来
或者沿着城外的街道移动
紧皱眉头
苍白——忧愁——害怕得要死
关于政治制度
关于性制度
关于宗教制度

姑且承认

城市和市民都存在：虽然有所显示

国民仍未曾诞生

在他们死亡之前也不会诞生

圣地亚哥是一个沙漠

我们以为我们是一个国家

事实上我们只是一幅山水

Chile

It's a laugh seeing the *campesinos* of Santiago de Chile

wearing a frown for a face

as they come and go along the downtown streets

or through the streets of the suburbs

worried—livid—frightened to death

by the political situation

by the sexual situation

by the religious situation

assuming the existence

of city and inhabitants:

although it's been proven the populace has yet to be born

and will not be born before they succumb

and that Santiago de Chile is a desert

We believe that we're a Nation

and the truth: we're hardly a landscape

夫人

你的儿子害了软骨病

给他牛肉汤

牛奶给他牛排和鸡蛋

离开这个猪栏

找一层公园道的楼房

你看来像只鬼哩，夫人

何不到迈亚米去旅行旅行

Madam

your son has the rickets

let him drink meat juices

milk feed him steak and eggs

move from this mushrooming neighborhood today

get an apartment facing the botanical gardens

you're as pale as a ghost, madam

why don't you take a little jaunt to Miami

尼卡诺·柏拉 [尼卡诺尔·帕拉（Nicanor Parra）] 喜欢用自己的言语和声音来写诗，他用的言语，是日常的话语，不是古老的已经死亡的没有生命的语言。所以，读他的诗，就像面对面听他自己在说话，有一种对谈的亲切感。

柏拉的诗的题材，也是日常的生活，平凡的题材，但用新的眼光来看事物。在他的早期的诗中，出现了不少超现实的景象，所以，人们把他称为超现实的诗人。事实上，他和其他拉丁美洲的诗人最大的不同点并不在超现实与现实的分别，而因为他是十分口语化的诗人，他给予讲求格律音节的诗以更大的自由。

柏拉诞生在智利中部城市奇廉附近，在学校中攻读的是数学和物理，后来还当了智利大学的理论物理学教授，那么复杂深奥的学问，所以才写简洁单纯的诗吧。写作界的朋友都以为他是理科的人才，而他的大学同事则全把他当作家。他自己比较喜欢文学，但他说：在我们的社会中，全职诗人没法立足，既然要在发展落后的国家中生活，别无选择，只好做一人大乐队。

智利的政治一直动荡不安，人民的生活大都贫苦，不安定，所以，柏拉把这些全写在诗中，《智利》是其中一首。智利的首都圣地亚哥，应该是繁华富丽的大城市了吧，但是农民在城内城外往来，苦着脸，苍白得要死，忧愁得要死，害怕得要死。内战时常会爆发，种种不合理的制度使国民愁苦。虽然在表面上，城市和国民都存在，事实上，国民是不存在的，因为愁苦的国民就不是国民了。所以，诗人说：圣地亚哥是一个沙漠。没有市民的城市不外是沙漠，而一个国家，如果没有国民，也不过是一幅好看的山水罢了。

《夫人》一诗也反映了智利民生困苦的一面，除了口语化的特色之外，我们可以看得出柏拉擅于反讽，在《智利》诗中，他说：观看智利圣地亚哥的农民是一种乐趣，这句话中用了感到“乐趣”的态度来观看苍白、忧愁、害怕的人民当然是极大的讽刺；而在《夫人》中，生活那么艰难，却说：夫人，何不离开猪栏，找个公园道的楼房住住及到迈亚米[迈阿密]旅游去。甚至连题目也是对穷妇人作了尖锐的比对。

读拉丁美洲的文学作品，不论是小说、散文或诗，都给我们一种奇异的感受，与阅读欧洲和北美的文学都不同。拉丁美洲许多国家的政治及民生都和我们中国十分相似，以《智利》为例，过去这一百多年来，我们会不会也是“我们以为我们是一个国家，事实上，我们只是一幅山水”？而且是一幅非常美丽的山水？至于《夫人》又有点像香港目前的景象了。能不能离开这个猪栏，找一层公园道的楼房住住，正是尺金寸土的香港写照。（早两年吧，一位台湾女作家和我并肩走在土瓜湾的农圃道上，她对我说：你怎么能住在这样的地方，而且住了这么久？）

柏拉主要的诗都收在他的诗集《诗与反诗》和《紧急诗篇》中，自从《诗与反诗》出版后，他成为著名的“反诗”分子。那么，他反的是什么诗呢？有人曾经问过他，觉得西班牙语系的诗，当前最大的弊病是什么，他答：是形式主义（当然不是指俄国的形式主义），浮饰的语言，夸空的姿势，及矫揉造作。这样的诗，就是他反的诗。柏拉的诗观，可以摘录他的一首《宣言》中开头的几节来说明：

女士与先生
这是我们最后的话
——我们最先和最后的话——
诗人从奥林匹斯山上下来了

对于古老的那代
诗是奢侈的事物
但对我们
却是绝对的必需品
没有诗我们活不下去

和我们的上辈不一样
——我可是全心尊敬地说的——
我们坚持这么着
诗人可不是炼丹术士
诗人就像所有的人
砌砖的人造他的墙
一个做窗子和做门的人

我们谈话
用日常的语言
我们不相信神秘的符号

没有一件事
诗人要在场
看看树木不要长歪

这是我们的讯息
我们不承认神一般的诗人
蟑螂诗人
书虫诗人

所有这些，先生们
——我可是充满敬意说的
一定得受指责和考验
建造空中楼阁
浪费时间和空间
作些十四行诗给月亮
用巧合的方法连缀词字
追随巴黎流行的风尚
这些不是我们要做的

思想并不是从嘴巴里长出来

是来自内心

一九八〇年十二月

不记得在什么书本中读到柏拉的诗的中译，读到“我们以为我们是一个国家，事实上我们只是一幅山水”，很是感动，就把柏拉记住了，而且写了一篇介绍他的诗的文章，引用了别人的译文（如今找不到那本书，无法知道译者的名字）。许多年后，翻阅文学期刊，又碰上《智利》和《夫人》等诗，是英译，拿来和中译对照，觉得稍有不同。显然，两种译文都是参照原作，那么，哪一个译本更传真呢？

比如《智利》，为什么“农民”一词照用西班牙文，而不译为 farmers ？第五行的次序为什么一个译为苍白——忧愁，而一个译为忧愁（worried）——苍白（livid）？接着的三行，到底是“制度”还是“处境”？至于《夫人》一诗，原文是不是说猪栏？是不是说“找一个面对植物公园的寓所”？

所以，对于翻译的诗，我总是充满疑惑，我们如何透过蝴蝶标本想象蝴蝶飞翔的姿态，如何面对恐龙化石了解恐龙的生活？这些年来，我一直没有碰上柏拉的原作，希望将来能够读到原诗，看看是什么样子。不过，我读过有关柏拉的介绍，知道《智利》和《夫人》是什么“样子”。二诗都选自他的诗集《机巧制品》。诗集并非一本书，而是一盒明信片。每首诗印在不同的明信片上，一面是诗，一面是图。这，我又好奇了。明信片上是些什么图画？可惜这样的“诗集”我买不到。只知道，明信片可以一页一页选购，不必整盒买。

说起来，我又何必长他人志气，在香港，我们也出版过明信片的诗，是秋莹的设计，一叠明信片连在一起，折起来如一本书，打开来像一长卷，撕开来是一页页明信片，当然可以邮递。我记得，明信片的一面有李家升、黄楚乔的摄影，另一面是诗，写诗的是俞风、黄襄、关梦南、何福仁……

一九九五年六月

给你吾爱

我到鸟市场去过

　我买了鸟儿

　　给你

　　吾爱

我到花市场去过

　我买了花朵

　　给你

　　吾爱

我到废铁市场去过

　我买了锁链

重的链

给你

吾爱

然后我到过奴隶市场

我把你找

可我找你不到

吾爱

Pour Toi Mon Amour

Je suis allé au marché aux oiseaux

Et j'ai acheté des oiseaux

Pour toi

mon amour

Je suis allé au marché aux fleurs

Et j'ai acheté des fleurs

Pour toi

mon amour

Je suis allé au marché à la ferraille

Et j'ai acheté des chaînes

De lourdes chaînes

Pour toi

mon amour

Et puis je suis allé au marché aux esclaves

Et je t'ai cherchée

Mais je ne t'ai pas trouvée

mon amour.

让我们来认识一首法国诗。

有一个叫作“我”（Je）的人，到市场（marché）去过了。他去的市场，是鸟市场。在鸟市场，他买了鸟（oiseaux）。这些鸟儿，他并不是买来给自己欣赏饲养的，他买了鸟儿，是为了送给心爱的人。那个人，也就是诗中所说的：我的爱人（mon amour）。

叫作“我”的人，除了上鸟市场，还上花市场去过了。在花市场，他买了花（fleurs）。这些花，他也不是用来布置自己的家居,而是为了送给心爱的人。诗中写得很明白,鸟儿和花朵,都是为了给你(pour toi)。因为她是他心目中的恋人,所以他不称呼她为普通的“你”(vous),而称亲密的“你”(toi)。

鸟儿和花朵,究竟是怎么一回事呢?当然,我们读了这两节诗,都明白了,这是一首描述爱情的诗,就说一个人买了鸟儿和花朵为了送给自己的恋人。然而,继续读下去,我们就不禁要为诗中的人感到难过,因为这个送鸟儿和花朵给恋人的人是一个傻子。

本来,送鸟儿和花朵给恋人是好的,可是,他为了爱她,就想把她囚困,想把她锁起来。因为,他上废铁(ferraile)场去了。在废铁场,他买了链(chaînes),而且是好重的链。他以为,有了链,就可以把恋人锁在自己的身边。事实上,一旦失去了自由,爱情也就消失了。

“我”后来上奴隶市场去了,在奴隶(esclaves)市场,他把她寻找,他没有找到她。每个人都是自由的,谁会是谁的奴隶呢?链并不能把任何人锁住,所以,当他“寻找”(cherchée),“找不到”(ne pas trouvée)了。

从这首诗，我们可以看得出诗人如何把真实的场景和超现实的场景连接在一起。鸟市场和花市场都是真实的场景，至于废铁场、奴隶市场，当然比较超现实。难道这个人真的去买铁链送给他的恋人，又到奴隶市场去找她？

《给你吾爱》，是法国诗人雅克蒲列维［雅克·普莱维尔（Jacques Prévert）］的诗，选自他的第一部诗集《话语》（*Paroles*）。雅克蒲列维的诗，大部分明朗、直接，充满超现实的味道。

一九八一年三月

重译这首诗时，忽发奇想，故意把每一句的字数译得和原作相同，还押点韵脚。并不例外，本来读起来很好听的诗，译后一读，味同嚼蜡：又毒哑一头夜莺了。至于诗的图形，原来四四方方的，变成中文字排出来，竟又扁又长，仿佛多足的爬虫。

一九九五年六月

为谁工作

如今每个人都知道他们在为谁工作

我正在翻译《老爷》杂志上的文章
在金巴利—克拉克公司出品的纸上
在陈旧的雷明顿打字机上
我将用伊斯特布禄克牌子的钢笔修改文意
我得到的报酬会增加少许比索的利益
给三花淡奶、普及食物、轩士罐头
高露洁牙膏—棕榄香枧、吉列刀片
以及加利福尼亚包装公司

Ya Todos Saben Para Quién Trabajan

TRADUZCO un artículo de *Esquire*
sobre una hoja de Kimberly-Clark Corp.
en una antigua máquina Remington.
Corregiré con un bolígrafo Esterbrook.
Lo que me paguen aumentará en unos cuantos pesos las arcas
de Carnation, General Foods, Heinz,
Colgate-Palmolive, Gillette
y California Packing Corporation.

Now Everybody Knows Who They're Working For

I'm translating an article from *Esquire*
on a sheet of paper from the Kimberly-Clark

Corporation,

on an old Remington typewriter.

I'll correct the text with an Esterbrook pen.

What I am paid will add a few pesos to the profits

of Carnation, General Foods, Heinz,

Colgate-Palmolive, Gillette

and the California Packing Corporation.

让我们来认识一首墨西哥诗。有一个人，像任何城市里任何人一样，每天必须工作，赚钱维持自己的生活，或者，维持家中其他成员的生活。每个人的职业不同，而有一个人，他的工作是翻译文章。他是墨西哥人，住的地方是墨西哥城，那是墨西哥的首都。墨西哥城是大都市，是政治、经济、文化、教育的中心，所以，在这样的大都市里，做一点翻译的工作，尚可维持个人，或者一个小家庭的起码生活。

这个人的工作是把美国出版的《老爷》杂志上的文章译为墨西哥文，也即是，译成西班牙文。当他工作的时候，他需要的工具是一架打字机、一支钢笔和一些纸。他并不富有，所以，他的打字机已经旧了，但那是一架外国牌子的打字机；同样的，他用的笔和纸，也都是外国的出品。

做翻译的工作可以得到一点微薄的报酬，而这个人得到的薪水，结果就付给了外国进口的种种商品了。其中，包括喝的牛奶、吃的食物、用的牙膏、肥皂，以及刀片等等。本来，一个人如果想买肥皂，付肥皂本身的价钱就可以了，但是，肥皂的包装非常美丽，那些印着彩色，绘着花朵一重又一重的包裹纸，都经过精心设计和印制，这笔费用，当然是加在消费者的身上。

以翻译为业的墨西哥人，过的并不是奢侈的生活，他可没有买名牌的外国衣饰，甚至没有说他的报酬会增加少许比索的利益给某某烟草公司。他所购买的，都是日用品。一个人每天要刷牙，所以牙膏是必需的；一个人每天都要洗脸洗澡，所以肥皂是必需的；一个男子需要刮胡子，所以刀片是必需的；一个人必需进食，所以食物也是必需的。

住在墨西哥城的这个墨西哥人，购买的对象中有一项是普及食物［通用食品］。为什么不上市场去买鱼买肉，回家好好煮一顿呢？显然，这位翻译者工作忙碌，没有时间举炊，就像许多现代人一般，开开罐头，买个饭盒，就一餐了。从三花淡奶和轩士[亨氏]罐头，我们甚至还可以臆测这位做翻译工作的墨西哥市民家中可能有小孩，因为轩士食品公司还出品婴儿食物。一个人得到了薪酬，记得要去买牙膏和肥皂，大概也是个有家庭负担的人。

墨西哥比邻美国，所以，在墨西哥，人们到处都可以买到美国的商品，而这样，墨西哥的钱币就源源地流到美国去了。

诗的题目是,如今“每个人”都知道他们在为谁工作，指出一个普遍的现象：并不是只有一个墨西哥人购买外国的商品，而是整个墨西哥城的人都如此。而事实上，并不是坐在打字机前做翻译工作的人才知道这样的事情，而是每个人都看得出事件的因果。但，怎样呢？让我告诉你我对这首诗的感想。不，还是让我告诉你我现在正在做些什么：我正在翻译一册诗集中的一首诗，译自一本纽约出版的书，用一支派克牌的墨水笔，我将用一支斑马牌红原子笔修改文意和错别字。我得到的报酬会增加少许港元的利益，给袋鼠丝苗、地扪番茄酱、斧头牌洗洁精、旁氏冷霜、威娜鸡蛋洗发精，以及健力氏纸巾。这个牌子的纸巾，也是属于金巴利—克拉克［金佰利—克拉克］公司的。

《如今每个人都知道他们在为谁工作》，是墨西哥诗人何塞·艾米里奥·帕支可［何塞·埃米利奥·帕切科（José Emilio Pacheco）］的诗。帕氏一九三九年诞生于墨西哥，此诗选自他的第二本诗集《别问我时间如何消逝——六四至六八年的诗篇》。诗集曾获一九六九年国家诗歌奖。帕氏于七〇年获古金汉［古根海姆］奖学金，后留美加教学，并继续文学翻译，译作主要包括品特及王尔德作品。他最近出版的诗集为七六年的《偏航之岛》。

《别》集由阿勒斯特里德英译，七八年哥伦比亚大学第一版。英译十分忠于原著，连分行、标题（包括诗句起行的大、小楷）均不例外，译笔充分表现原作的精神。从英译来对读原诗，只有题目及第五行比较复杂，现将原作关键性的字简译出来，让大家参考，即使不懂西班牙文，仍可认识一首墨西哥诗。至于个别文字由于时态、人身、性别或数别等文法上的殊异面貌，就不详加解释了。

题目：

如今 YA

每个人 TODOS

知道 SABEN

为 PARA

谁 QUIÉN

工作 TRABAJAN

诗文：

翻译 Traduzco

在上 sobre

纸页 hoja

打字机 máquina

修改 corrégire

钢笔 bolígrafo

支付 paguen

增加 aumentará

利益 arcas

一九八一年三月

海战

一艘美国航空母舰
和一座哥特式大教堂
互相
在太平洋中央
击沉对方。
直至最后
年轻的教士弹奏风琴。
如今飞机与天使都悬在天空
不知如何降落。

Die Seeschlacht

Eìn amerikanischer Flugzeugträger
und eine gotische Kathedrale
versenken sich
mitten im Stillen Ozean
gegenseitig.
Bis zum Schluss
spielte der junge Vikar auf der Orgel.—
Nun hängen Flugzeuge und Engel in der Luft
und können nicht landen.

The Sea Battle

An American aircraft carrier
and a Gothic cathedral
simultaneously sank each other
in the middle of the Pacific.

To the last

the young curate played on the organ.

Now aeroplanes and angels hang in the air

and have nowhere to land.

让我们来认识一首德国诗。

一艘美国航空母舰，和一座哥特式大教堂，同时彼此沉毁，在太平洋中间。从这几句诗看来，我们知道，海面上发生了战事。航空母舰并不是邮船，不是风帆也不是货轮，航空母舰并不运输普通的货物，也不载送一般的旅客，这是一艘用在战事上的军舰。军舰，是参加战役时才出动的。在航空母舰上，运载的是战斗机或侦察机，舰上的乘客都是兵士。把航空母舰驶出海洋，当然是去和别国开战了。

当然，一座哥特式的教堂并不会行驶，不会在海面航行也不会在太平洋上和一艘航空母舰相撞，彼此同时沉没。诗里选了大教堂，有好几重特殊的意思。首先，教堂是爱与和平的象征。航空母舰则代表战争。在战争中，航空母舰是强者，具侵略性、破坏性，而柔弱如花朵般的美丽和平的教堂就被毁坏了。

教堂的基础是在陆地上，航空母舰的基地是在海面，但是在战役之后，无论是陆地或海面都遭受到影响，不管哪一方胜哪一方败，彼此都走向同一毁灭的命运。事实上，任何一场战争，都没有得胜者。所以，在战争中，航空母舰和大教堂，都一起沉毁于太平洋中。

大教堂只是陆地上和平的象征，和平并非表示不自卫。当从海上来的航空母舰发动攻势，陆地上怎会不防御反击？所以，和航空母舰一起在太平洋沉毁的不是落实具象的教堂，而是抽象的、陆地上的军事力量，双方都受到严重的创伤。

航空母舰和教堂都沉没了，年轻的教士一路奏着风琴也沉没了。战争有什么好处呢？双方都花耗了弹药、兵器和军备，一切美好的事物都被摧毁了。风琴是艺术、文化；教士是善良、和平；年轻是新生、希望；这一切都随着战争受到了打击，或停顿，或沉寂。

反战的诗篇很多，许多诗呼号、呐喊，夸张战场的满目疮痍，作者的眼睛往往停留在一具残缺的尸首上或一堆仍冒白烟的灰烬中。可是,《海战》有非常有力的结局:如今飞机与天使都悬在天空，没有着陆的地方。

根据神话传说，哥特式教堂的拱形尖顶，是天使栖息的地方。如今，战争已结束，航空母舰和教堂都遭破坏沉没，那么，飞机不能回到航空母舰上去，天使也失去了教堂的尖顶借以栖身。飞机和天使都无家可归，物体本身，悬在半空，住宿之处，悬而未决。《海战》的结笔写得真好，作者不写受难的人民流离失所，而写飞机与天使都无家可归，既描述了战争的灾害，也隐喻了交战双方都同样是挫败者。哥特式的教堂遭受侵略，教堂的沉没,天使的无处栖身,是战争造成的灾害,可是飞机呢?飞机是从航空母舰上派出来的，它炸毁了教堂和陆地上许多美好的事物及无辜的人民，结果，它也没有了归路，这就是发动战争侵略别人的下场。

《海战》是德国诗人君特·格拉斯（Günter Grass）的诗，由德国作家来写诗谴责战争，意义深远。这首诗选自格拉斯一九七八年版的《在蛋中及其他诗篇》，这个版本比他一九六六年的版本多了一辑诗。格拉斯是诗人、小说家、剧作家及美术家，作品封面多半由他自己设计和绘图。

英译比原作少一行，我照原作，分九行。由于诗短，德文的名词又是大楷，对读起来也约略可明白原作的模样，还是留待大家自己去深入认识研究。在这里，也把一些文字简译出来：

击沉 versenken

互相 gegenseitig

弹奏 spielte

悬挂 hängen

不知如何 können nicht

一九八一年四月

1

德步西［德彪西（Achille-Claude Debussy）］《前奏曲》中有一首乐曲，叫《淹没的教堂》，是标题音乐，取材自一则传说。据说不列颠尼［布列塔尼］海岸的一个小村，由女巫达黑管辖。女巫作恶多端，她所掌管的地区遂被海水淹没。在恶劣的天气，过往的船只仍能听到被淹没的教堂中传出的吟唱声。德步西的乐曲首先描写沉没的钟声，用和弦配出平行的律动。音乐家为音乐做注说：“要非常平静，仿佛轻柔但清晰的雾幕。”然后，大教堂从雾中渐渐升起，是乐曲的发展部分。于是，接连而来的是一段唱诗，用的是平行三和弦，让人回忆起假低音的音乐。最后，教堂又沉回水中去了，钟声慢慢地消失，由钢琴的踏板踩出持续的重复低音。三段式的音乐，一面听音乐，一面看格拉斯的诗，有什么感觉？也许，脑中还会浮现莫奈的画《鲁昂大教堂》吧。印象派的画家和印象派的音乐家。但愿从水中升起来的永远是教堂，不是战舰。

德步西还作过交响诗《牧神的午后前奏曲》。音乐中的牧神和康明思诗中的牧神，有不同的面貌、气氛、季节和环境。对读起来，就能擦出趣味的火花了。

2

去看一个名叫《书籍／艺术品》的展览。展品是各种奇异的书。它们和传统书籍不一样，是经由艺术工作者重新创作，赋予新的形象和意念，既呈现书籍这媒体的种种可能，也为阅读提供新角度。比如《诙谐曲》，是一册翻开的乐谱，但音符转化为铁钉；又比如《天书》，细心雕印的木版活字线装书，骤然看去是熟悉的汉字，可仔细再看，竟无一字认识。

作品编号第八是《新版保塞雷》[《新版波瓦塞雷》]。为了纪念科隆大教堂建立一百周年，科隆一家邮报邀请当地十位艺术家重新改订保塞雷一八四二年的教堂折页图，表现了今人对社会、历史和建筑批判的当代回应。其中一幅，我一见就呆住了，因为图中科隆大教堂的背景，竟是艘战舰。教堂和战舰非常相似，使我再想起君特·格拉斯的诗。

教堂，又岂止是和平的象征。信仰，同时拥有杀伤的力量：信者，上天堂；逆者，下地狱。犹太人和阿拉伯人的仇杀，什么时候才停息呢？发动战争的人，很少不自备一套重建秩序的蓝图，但战舰往往由道德家操纵，屠杀之所以变得理直气壮，扬言是为了救赎。这是重建与摧毁的辩论。我们难道没有认识到这其实不可能是单一的世界，一套标准，一套价值观，如果无限量地膨胀，结果就是自我的伤残。《新版保塞雷》帮助我阅读《海战》，展览会中雕塑品般的书籍重新启发我对文字的体会，从文字再出发，让我思考战争风暴的种种问题。

一九九五年六月

【卷四】

巴加斯·略萨作品的时空浓缩结构

——试析《潘达雷昂上尉与劳军女郎》的第一章

一九七九年夏天，我初读《潘达雷昂上尉与劳军女郎》，对第一章的写作技巧印象异常深刻，就在《香港时报·文与艺》上介绍了一下。当时写了两千多字，由于篇幅所限，无法把全章译刊，只抽取其中五段对话，大略讲述了时间浓缩的手法。许多年来，总觉得没能够好好地把那章节说个清楚明白，所选五段对白，也不连贯，看不出原著的紧密复杂，当下打算一有空，就把全章译出来，再讲一讲。近读五月号《十月》，发现小说已有中译，并发表了第一章全译，高兴莫名，就采用孙家孟先生的译文，还一个心愿。孙先生的译文，后来连同其他各章出了书,不过稍有删节。这里仍用《十月》较完整的译本。

1 本事

《潘达雷昂上尉与劳军女郎》是秘鲁小说家马里奥·巴加斯·略萨一九七三年的作品，全书十章，采用了多种不同的表现手法，既有罗列的公文文件和各类事件的汇报（第二、四、六章），又有广播电台的节目和地方报章的报道（第七、九章）；其中四章完全由对话体构成，场景繁复，人物众多，作者采多角度、多镜头的技巧，全面推进，有如立体主义的绘画作品，把许多个面同时呈现，是结构现实的代表作。本文抽取全书的第一章,试作分析。以下先把故事略作介绍。

潘达雷昂在陆军服务，尽忠职守，工作表现优异，由中尉升为上尉。陆军总部的将领找他密谈，交给他一项艰苦的机密任务。原来，天气炎热，军纪松弛，由于这样那样的理由，边境地区不断发生士兵污辱妇女事件，总部因此要他扮作商人到那里秘密组织军中流动妓院“劳军队”。潘达雷昂带了母亲和妻子前往，瞒着家人，积极工作，成绩斐然，良家妇女安全了，可是社会舆论却谴责伤风败德；而广播台乘机敲诈，不果，一怒之下揭露“劳军队”的活动，使潘妻大怒离去。这时，名妓“巴西女郎”遭歹徒杀害，潘达雷昂很激愤，穿上军装送葬，暴露军人身份。将军们急忙善后，一面解散劳军队，一面把潘达雷昂召回发配北部高寒地区，成为丑闻的代罪羔羊，劳军女郎则被将军及神甫据为情妇。

小说的第一章，叙述潘达雷昂升职，被陆军总部将领密召，授以新任务。潘达雷昂硬着头皮带同母亲妻子前往履新。全章只以对话呈现动作情节的进展，为了方便讨论，现把全部对话二百零五句编上号数，其中场景、人物、地点，也先在下文简列出来。

小说的第一章结构，主要可分为七处场景，分述如下：

（一）潘达雷昂在首都利马家中。

主要人物：潘达雷昂（昵称潘达、潘弟达）、母亲雷奥诺尔太太、妻子波奇塔（昵称波恰）。

（二）利马陆军总部。

主要人物：洛佩斯·洛佩斯上校、维多利亚将军、柯亚索斯将军（外号老虎）。

（三）边城第五军区司令部。

主要人物：斯卡维诺将军、军中神甫贝尔特兰、电台播音员辛奇

（四）边城酒店。

主要人物：潘达雷昂、波奇塔

（五）潘达雷昂在边城的住家。

主要人物：潘达雷昂、雷奥诺尔太太、波奇塔。

（六）边城酒吧。

主要人物：潘达雷昂、巴卡柯尔索中尉。

（七）边城妓院“茅茅”和“秋秋蓓”。

主要人物：潘达雷昂、浪子波费里奥、秋秋蓓太太。

除了上述的场景外，另有一名佛兰西斯科［弗兰西斯科］兄弟，属于“方舟兄弟会”的宗教组织，在边区流徙传道，该会相信世界末日将要来临，只有把人钉在十字架上，学习耶稣为人类赎罪的榜样，才能推迟末日的到来。他

们把无辜百姓随意钉死，治安大乱。

整章小说中还有许多军人、市镇的长官，以及平民百姓，他们都说了话。他们多数是投诉士兵侵犯妇女。有的还是当事人，有的则是受害者的丈夫和亲属。

2 空间的浓缩

故事展开。

一开始的时候，陆军中尉潘达雷昂在利马的住家中，清晨被妻子叫醒，梳洗一番，要去见长官，不知道会接受什么新的任务，到什么地方去工作。母亲和妻子对他服侍得无微不至，吃过早餐，他就上军部去了。这一个场景，是小说中 [1] 至 [10] 的对话。

对话 [11]，写“方舟兄弟会”的圣佛兰西斯科兄弟在边区传道的插语。

潘达雷昂抵达军部，经过秘书小姐的通传，见到了上司洛佩斯·洛佩斯上校。原来室内还有两位将军在等他，要交托给他一个重要的机密任务。将军们告诉潘达雷昂，他们经过细心调查，在整整八十个军官中，选中他这忠于职守的人。

将军们和潘达雷昂说话的时候，不时要接听电话，其中一个电话是边区第五军司令斯卡维诺将军打来的，场景就推接到边区的司令办公室去。对话 [28]、[32] 都是斯卡维诺将军提起潘达雷昂的工作，因为这个人将派到他那里去。

当将军们把新任务的内容和原因告诉潘达雷昂时，小说就把兵士们侵犯妇女的事，借各乡镇长官和平民纷纷向军部投诉抗议来呈现，对话 [36] 是一名市长说自己的弟妹被糟蹋了，对话 [39] 是另一位市长的投诉，对话 [38] 则是边区军中神甫的抗议声。接下去，出现了妇女的哭泣、军方的安慰、亲属的埋怨，还加上对话 [47]，一名电台广播员辛奇的大声疾呼，从空中播送。

这一段投诉的场景从对话 [36] 到 [52] 原则上结束，接着，小说用溶接的方法，溶入潘达雷昂家人知道了新调派，全家要搬到边城依基托斯去的一场。

电影中的溶接，是把两个不同的场景，用淡入淡出的剪辑方法连接起来。比如，上一场是城市，下一场是乡村，如果镜头一转，由城市突然变为乡村，是普通的直接割接；溶接则是缓慢的交叠：上一场的城市由清晰变为暗淡，而下一场的乡村由暗淡变为清晰；上一场渐渐淡得没有影子，是淡出，下一场由暗淡接上，渐渐清晰，是淡入。溶接时，两场的景物会交叠同时出现，观众可以同时见到城市的高楼大厦，也可以看见乡村的小桥流水。

《潘达雷昂上尉与劳军女郎》第一章对话 [53]，是溶接的淡入开始，写上尉家人对新任务的反应，渐渐淡出的是军部的任务委派。因为是溶接，所以两个场景会同时出现。不过，电影和小说当然不同，小说有小说文字序列上的局限，只能先后交接出现。

对话 [54]，又插了一个传道的镜头。对话 [67] 则是透过电话通话，边区小镇奥贡内斯向边区第五军部依基托斯作报道。不过是一个电话，就把两个地方的现状连在一起。

利马陆军军需处的场景，由对话 [12] 开始，到对话 [82]，就正式结束了，全部淡出；而淡入的一场，渐渐清晰、明亮起来。如今潘达雷昂一家三口，由首都利马搭乘飞机到边区重镇依基托斯去。对话 [83] 是家人乘搭飞机，然后他们抵达依基托斯，先住在酒店里。这一个场景，到对话 [105] 结束；中间插入对话 [100] 和 [102]，叙述当地司令部将军和军中神甫的对话，对潘达雷昂将展开的工作表示不满。

抵达依基托斯市后的潘达雷昂，到第五军区司令部向斯卡维诺将军报到，并没有受到热烈的欢迎，而是一片指责。潘达雷昂只好为自己辩护，说这件事完全不是他的主意，他不过是受命而来工作的，他自己对“劳军队”的事务全无兴趣，甚至请求将军把他调走。将军发了一顿牢骚，明知一切不可挽回，只好告诉潘达雷昂该怎么执行：不许他回军部露面，不许穿军装，不能泄漏军人身份，不能和军人生活在一起，家人不能和军眷往来，居所也要安置在偏僻的地方，工作要秘密进行。为了保密，只可和特派员巴卡柯尔索中尉每周见面一次，向司令部汇报工作状况。由对话 [106] 至 [140]，是这一场景的过程。斯卡维诺将军和军中神甫贝尔特兰道貌岸然，摆出卫道者的姿态；后来，“劳军队”被迫解散，妓女们却被他们占为情妇。

在上面的场景中，作者仍然抽空加插了圣佛兰西斯科兄弟的传道 [118]。对话 [140] 与 [141]，是一次干爽利落的直接割接，斯卡维诺将军刚说完指派一名中尉做联络员，联络员就立刻出现说话了。这时，场景也由军区司令部割接上一间酒吧，巴卡柯尔索中尉和潘达雷昂一面喝啤酒，一面讨论工作将如何推展。潘达雷昂本来是个烟酒不进，不上红灯区的模范军人，所以，联络员教导他该找当地的三教九流人物、到烟花地带去，扮成商人的模样。这一场由对话 [141] 到 [164]，写两个人在酒吧的会面，不过，这场景作者采用了交替剪接的手法，把另外一个场景叠放在一起，成为一组平行蒙太奇。

电影上的平行蒙太奇，是把银幕的叙事次序分割开，让两个场景交替呈现，可以产生紧凑比对的效果。比如说，一个女子被匪徒绑架，困在屋子里；另一边，侠士来救她了，电影镜头就会这头叙述匪徒如何对女子不利，另一头描写侠士怎样骑马赶来。

小说运用的一组平行蒙太奇，这边写两个人在酒吧喝啤酒，另一边则写潘达雷昂的家人在边区找到了居所，布置屋子。同时，从她们的话语中，也表现了潘达雷昂已开始执行任务，一直严守秘密，使她们感到他的行为奇怪，不免咕哝起来。这一场由两个场景组成的平行蒙太奇结构，到 [164] 告终，对话 [165] 又出现了佛兰西斯科兄弟传道的声音。在整部小说中，“方舟兄弟会”的传道是一条重要的支线，到了最后一章，这条支线就和其他各线合流；不过，在第一章里，它只是疏疏落落地不时冒一下子，仿佛涓涓滴滴、隐隐蔽蔽的岩洞流水。

为了执行任务，正人君子潘达雷昂硬着头皮到红灯区，扮成商人的模样，他先到“茅茅”来，对话 [166]。他见到了这一区的重要人物浪子波费里奥，从他身上掌握了不少资料。通过浪子的带领，潘达雷昂来到另一所妓院，结识了秋秋蓓太太，又了解了不少夜蝴蝶的情况。“劳军队”的任务，总算有了一点头绪。[166] 到 [194] 的这一场景，仍然加插一次佛兰西斯科的传道 [184]。

小说第一章的末节，是潘达雷昂从红灯区出来，回到家中，喝得烂醉，对话 [195]。妻子和母亲对他的行为大感惊异，母亲细心给他敷冷毛巾，喝健胃水和热咖啡，妻子则认为他在外面鬼混，气得哭了起来。全章在一片忙碌之中结束，对话一共二百零五句。

说是“对话”，其实，小说有不少的句子只是独白，只是一个人在那里讲话，并不与别人交流。例如佛兰西斯科，只是他一个人在说教；电台广播员辛奇的播音，则是单程的声音;至于电话，也不一定有直接的答复。原则上，多数的说话都是对话，要注意的却是：巴加斯·略萨在这里用的对话，和传统的小说对话并不相同。一般的小说出现对话，如果甲乙两人说话，就是甲乙甲乙甲乙的形式，在这一章小说中的对话，因为场景交替，人物众多，即使甲乙两人对话，他们的话会被其他场景各人的说话隔开，成为甲丙乙、甲丁乙，甚至甲丙乙丁的形式。举例来说，[68] 是老虎对打电话来的少尉那边的回复，[69] 是雷奥诺尔太太对儿子说话，[70] 是洛佩斯·洛佩斯上校对下属潘达雷昂的话，而 [71]，则是波奇塔对丈夫说话。一共四段对话，说话的有四个人，对象反而只有两个，次序上是甲乙丙丁四人，但这四个人说的话彼此之间全无关联。同样地，甲说了一句话，可能要过了一阵，我们才找到另一个人的答复，比如 [152]、[154]、[156]、[158]，潘达雷昂说了四次话，到 [160] 才得到中尉的答话。

在平行蒙太奇组合的一段中，[145] 至 [164]，潘达雷昂家人的说话，都是对潘达雷昂说的，像 [149]、[151]、[153]、[155]、[157]、[159]、[161]、[163] 各句。妇人说话的时候，潘达雷昂显然是在场的，而且一定答了话，不过，作者把他的答话省去了。因为答了，也不重要。故此，只呈现妇女们一句又一句的问话，显示她们的不安和噜苏。在这场中，潘达雷昂也说了不少话，看起来，次序没错，[149] 是波奇塔说话，[150] 是潘达雷昂说话，[151] 是雷奥诺尔太太说话，[152] 又是潘达雷昂说话，不是对话吗？事实上四句话语之间并无关联，潘达雷昂的话，都是在酒吧中和同僚说的。

人物出现得最多的一场，是 [36] 至 [52]，是偏僻小镇各地的投诉和抗议，人物既有市长、兵士、神甫，木匠、电台播音员，还有一群妇女。他们几乎每个人都说了一次话。除了偶然的一两段对话，其他的话，看来都成为独白。[41] 和 [42] 仿佛是对话，不过，前一句是陶乐德娅哭哭啼啼回答彼德 · 卡萨沃基上校的安慰话，后一句却是玛克西莫 · 达维拉上校对赫苏斯小姐的说话。只不过两句对白，牵涉的是两处不同的场景，人物却有四个。虽然这样，文意可又巧妙地相连。

全章小说中的剪接主要是用直接割接，但也用过溶接和平行蒙太奇的交替剪接。此外，还出现了连类剪接；连类，是把相同的事物并列在一起，或者以一件事物作为媒介，把两者串连起来。《诗经》中常常出现连类对举的手法，比如：参差荇菜，左右流之；参差荇菜，左右采之；参差荇菜，左右芼之，用参差荇菜起兴，然后反复回增，引申各章节。至于这章小说运用连类剪接手法的也有多处，举例来说，对话 [10] 是潘达雷昂在家里，清晨吃过早餐上军部去，母亲送他出门口，对他说：去吧孩子，我祝福你。接下来，对话 [11] 却是佛兰西斯科兄弟传道说：以上帝、圣灵和死于十字架上的圣子的名义。[10] 和 [11] 本来距离遥远，表面上也风马牛不相及，不过作者用了“祝福”——两个场面都出现的事情，有机地把上下场连接在一起。对话 [105] 和 [106] 也是连类剪接，[105] 是潘达雷昂抵达依基托斯市，住在酒店里，和妻子调情，说自己飘飘然，不知自己是谁；接下来，第 [106] 句，是依基托斯市第五军区司令斯卡维诺将军对潘达雷昂报到时说的话：你是谁，我知道得清清楚楚。“谁”是联珠，这次反而有对抗的意味。连类剪接可以产生对比、讽刺、一气呵成的效果；当然，如果滥用了，就显得刻意匠气。

把许多不同的场面，用各种剪接手法连接，并列在一个平面上，全面推展故事，是一种新的结构方法。这是巴加斯·略萨对传统小说艺术的突破。如果依照传统的写作，作者得一处一处地写，整个篇章将被分为数十个小章节，而且必得“分头描写”：故事大概仍以潘达雷昂这个人物为中心，依次来回家中和军部，又搭乘飞机到依基托斯报到，闷闷不乐，和同僚到酒吧见面，到红灯区去工作，醉酒回家，等等。这是一条直线，至于小镇各处的抗议和投诉、军部与边区司令部之间的联络，就得分别穿插，会相当疏散。如今，作者仿佛立体主义绘画的画家们，把一个人的正面、侧面都叠画在一个平面上，使我们看见同一张脸的几个面，可以有三只眼睛，三只耳朵，以及一个既属于正面又属于侧面的鼻子。运用新的构成方法，作者把许多场景并列，成为综合的整体，既不必分头逐一描写，也可以把极细微的场景轻易捕捉，让当事人亲自登场，正面讲述，浑成一个统一的空间。像电台播音员的广播，不过一句口白，却让如此重要的人物也亮亮相。至于佛兰西斯科兄弟的传道，本是小说中重要的环节，作者无需另花许多笔墨叙述，在这一章，显得不经心地只出现了四次，这是非常经济的笔法，也是空间浓缩的最佳示范。

半世纪以前，约瑟夫·佛兰克［约瑟夫·弗兰克（Joseph Frank）］的著名论文《现代小说里的空间形式》讨论福楼拜时，指出福楼拜呈现三种共时情节的技巧是：把对话并置，通过来回切断时间，取消了顺序。佛兰克称之为“形式空间化”。这是现代小说的源头。福楼拜在《包法利夫人》里个别的手法，到了乔伊斯，则成为了《尤里西斯》整个小说的审美结构，读者必须反复“重读”才能理解这小说；读者要把小说里各个或明或隐的片段重建，而这些片段可能前前后后分布各章。读者在这种重建的过程里，其实也参与了小说的创作。巴加斯·略萨是福楼拜迷，并且写了研究的专书（《永恒的狂欢——福楼拜和 < 包法利夫人 >》，1975）。他的《潘达雷昂上尉与劳军女郎》显然跟福楼拜很有渊源，有承继的地方，也有创新的地方，这是小说家与小说家之间，越过国界、种族和时间空间的对话。他并置了更多的人物和情节，读者听到比《包法利夫人》农产展览会里更多的声音，往来应答，有一言堂，有小组讨论，有的亲昵，有的粗俗，有的劝世……但作者致力的，反而是情节动作的共时发展，声音之外，空间在不停地变换，而时间之流在暗地里游去。

3 时间的浓缩

把不同的场景聚合并列，是巴加斯·略萨空间浓缩的手法，面貌清晰，层次分明。至于他运用的时间浓缩手法，可能不易得到一般读者的注意，甚至被忽略了。时间的浓缩，主要出现在潘达雷昂一家人的生活细节表现上，尤其是他们乘搭飞机，以及在依基托斯布置新居的两场上。对话 [83] 到 [89]，寥寥七句对白，写潘达雷昂一家人从利马到依基托斯去。人物说了话，话题和上下文的特种任务有关，是小说的主线，不过，在这一段叙述中，对话都变成次要的焦点，重要的反而是人物的动作。且看看这些人做了些什么。[83]，波奇塔把机票放在钱包里，一面打听机场的入口处。这时，一家人显然买了机票去搭飞机了。[84]，雷奥诺尔太太望着云层、飞机的螺旋桨和下面的树木。这时,潘达雷昂一家人显然已经坐在飞机里，在天空中了。[85]，潘达扣上安全带，并且说，马上到了。这时, 飞机已经抵达目的地, 旅客要扣上安全带等候降落。[86]，波奇塔戴上太阳镜，脱下大衣。这时，一家人已经抵达依基托斯市，天气炎热。[87]，潘达打开皮夹，付给司机几张钞票，并且说：对，师傅，门牌五四九号，利马旅馆。这时，一家人从机场直接到酒店去住了，利马旅馆只是名字，地点却是依基托斯。[88]，波奇塔把旅行袋摔在椅子上，脱掉皮鞋。显然，一家人已经办好住宿手续，在酒店内休息了。

从 [83] 到 [88]，一共六句对话，作者却借三个人闲话家常，快捷利落地交代他们从利马到达依市，文字非常经济，机场、天空、机场、计程车、酒店，就完成了整个出门远行的旅程，毫不浪费篇幅。这种写法，一面以对话进行小说的主线，一面以行动过渡时间，是双线推进法，颇像一个人弹琴，右手弹乐曲，左手奏和弦，互相配合。不过，这一段只呈现了时间浓缩的一点面目，时间浓缩表现得更透彻的，还是婆媳二人布置新居的一场。

对话 [145] 至 [161]，是由两个场景交织起来的，其一是潘达雷昂和同僚在酒吧中讨论如何进行工作，另一场则是潘达雷昂的母亲和妻子在家中布置新居。时间如何浓缩呢？看看两名女士的家务就知道了。[145]，雷奥诺尔太太看了看斑驳的墙壁、肮脏的地板和布满蜘蛛网的天花板。这时，一家人搬到依市，面对一间极不像样的屋子，又脏又破烂。[151]，雷奥诺尔太太举起掸子、扫帚、铝桶，又是掸，又是扫，又是擦。当然，搬进了那么糟的一所屋子，只好动手打扫了，首先把屋子洗擦一番。[153]，波奇塔擦着玻璃，洗扫地板。洗擦干净之后，开始粉刷墙壁。工作都按部就班。[155]，波奇塔在髹门，刷衣柜，挂画。屋子的墙壁粉刷过了，就可以把门漆好，也可以挂画。[157]，雷奥诺尔太太整理衣柜，缝窗帘，掸灯罩，插开关。屋子显然髹漆好了，可以缝制窗帘张挂了。[159]，波奇塔整理床铺，铺上台布，髹漆家具，把杯子、盘、餐具摆进食柜里。如今,整座屋子打理好了,可以居住了。我们看到：这家人并没有买新的家具，而是动手做。一来，这军人并非富有，二来，也不便招摇。猪圈似的地方终于变成了可以生活的家。

仍是六句对话，作者就把一家人布置屋子的过程娓娓陈述，手法上依然两线进行，对白是对潘达雷昂的工作感到奇怪，行动是做家务。特别值得注意的是她们如何做家务。比如 [153]，做妻子的完成了三件工作：擦玻璃、洗刷地板、粉刷墙壁。都不简单，给屋子擦玻璃可能要花几个小时，洗刷地板也不是几分钟可以做完的事，至于粉刷墙壁，可能要整整一天，而且，还得等墙壁干透了才能挂画。依照真实的时间，擦玻璃、洗地板和粉刷墙壁，起码要花一整天的时间，可是，做这三件家务时，波奇塔在小说时间中只说了一句话：连邻居都不能让他们知道你是上尉？说一句话，几秒钟就够了。一个人能够在说一句话的时间内，做三件粗重而需要长时间才能完成的家务么？但小说可以。巴加斯·略萨用他的独创手法，把时间浓缩，使一个人在说一句话时完成了许多工作。这正是作者创新的地方。埃里克·拉布金（Eric Rabkin）曾比较小说形式的时间和真实的时间。他指出小说主要运用三种不同的报告形式：叙事、对话、描写。叙事在阅读的时间里，往往短于真实的时间，试想想，原本要花一整天整顿房子的时间，书本上几句话就完成了。对话在阅读的时间通常跟真实时间相近，例如“没什么，妈妈；没什么，波奇塔”。至于描写，或者因人也因事而有所分别，但总长于真实时间，比如，一个人在我们面前出现，我们一瞥，大致上已把握了这人的模样、服饰、姿态，可用文字描写，得一一道来，要用整段的文字才行。这小说并没有那种浮泛、空洞、一连串形容词的描写，而是把描写潜藏在具体的情节动作、说话里。这方面，下文再分析。

从这一个场景看，妇人的说话和进行的工作，是小说同时推进的两条线，主线是对白，她们都担心潘达雷昂接受了什么可怕的特别任务。她们的家务是副线，描写他们搬到了依基托斯整理居室的情形。把两条线一起写，就不必“花开一枝，话分两头”了。这样子双轨行进的处理法，本来可能该用十万字去写，结果只需五万竟可把细节囊括，也可看出作者把时、空浓缩，同步并置的手法。

双线推进小说故事发展的写法，可以采主线副线相同的比重，可以采主线强副线弱的比重，也可以把重心放在副线。像两名妇人在新居做家务，显然是副线较强。这情形颇像电影中常用的镜头，焦点不同，效果各异。比如说，镜头的焦点可以调到前景上，那么，背景就朦胧了；相反，把焦点调到背景上，那么，前景就朦胧起来。两名妇人做家务时，作者的叙述焦点显然集中在工作上，所以，一连串的行动清晰，她们的对白因此比较朦胧。

同是一组平行蒙太奇剪接，小说中的交替剪接效果明显比不上电影，这是文字的局限。在小说中，场景的并列，即使排在同一页纸上，阅读的时候仍要分先后次序；但电影呢，如今的银幕上可以同时出现几个不同的场景。这方面，电影比小说占优势。那么，小说可有比电影占优势的技巧吗？

对话 [153]，波奇塔可以只说一句话，然后做了抹玻璃窗、擦地板、给墙髹漆三件工作，工作逐一完成。如果把这场景搬上银幕，画面展开，波奇塔出场，说：甚至邻居也不可知道你是上尉？话很快说完了，电影镜头如何描写她完成了三件繁重的工作？拍摄她抹窗子、擦地板还是髹墙壁？如果三件工作都要在一句对白中全部呈现，并且表示完成，拍出来的画面，怕要变成一组快镜，活像那些变速的默片，只见一个人飞快地跳来跳去，非常滑稽。巴加斯·略萨的时间浓缩手法，的确使电影眼睛除了变速外，目为之瞠吧。何况，文字赋予读者更多想象的空间，反复沉吟的余裕。这正是文字的好处。

类似的时间浓缩手法，每次潘达雷昂一家人在一起时就出现了。比如开头，对话 [2] 是潘达雷昂被妻子叫醒，还打着呵欠，对话 [4] 已经表示他起了床，洗脸擦肥皂刮胡子了，对话 [6] 时，他已经穿戴整齐，对着镜子打领带，对话 [9] 是吃早餐、喝咖啡，到了对话 [12]，他已经抵达军部。简简单单地说过五次话，却完成了一个人早上起来该做的所有工作。同样地，最后一场是潘达雷昂从红灯区回家，喝醉了酒。每说一句话，雷奥诺尔太太都做了许多事，在屋子里跑来跑去，拿水递毛巾、给儿子喝健胃水和咖啡。

小说与电影的叙述手法，各有所长，彼此影响。如果把《潘达雷昂上尉与劳军女郎》的第一章搬上银幕，相信会是颇壮观的景象，银幕上可以同时出现两个不同的场景，甚至三个、四个、五个、六个，还可随时扩展或还原，真是变化无穷。比如银幕上本来只有潘达雷昂一家三口早上在家里吃早餐，到了母亲祝福儿子上班，银幕可以分裂为两个场面，一边是母亲祝福儿子，一边则出现了佛兰西斯科兄弟的传道，接着，家庭场景消失，出现了军部的一幕，分裂的画面又可以合而为一，直到对话 [36] 开始，银幕上再次可以裂成许多不同的画面，画面 A 是市长揉着帽子大叫，画面B是军中神甫大声疾呼，画面C是另一名市长在跳脚，画面D是陶乐德娅在哭，画面E是木匠在投诉，画面F是电台广播员在播音……许多画面同时出现，他们的声音也可以用不同的方法配合画面说出来，既可吵成一片，也可以单独逐一讲话，然后，电影继续进行，或溶接，或交替剪接，或多镜头剪接，真叫人目不暇给。当然，遇到那几场搭乘飞机和布置新居，就得费心处理了。问题在画面长时间割裂，各种影像、声音一齐来，稍纵即逝，我们也许需要八只眼睛，十二只耳朵。

4 描写、结构写实

小说篇章只以对话来推展故事，怎样描述景物呢？传统的小说可以把人物的面貌、服饰、姿态仔细地陈述。巴加斯·略萨既然用对话的手法，就把描写景物减至最低。但不等于说他把景物完全舍弃了，景物反而技巧地、有力地反映出来。他依旧用最简练的文字，描写首都利马和边城依基托斯。对话 [5]，借波奇塔的眼来看利马：灰色的天空、房顶、汽车和行人。这是低调子的描述，利马，就像任何一个城市一样。小说的重心是依基托斯，利马不用多花笔墨。那么，依基托斯又如何呢？[115] 里，潘达雷昂从将军的肩上看出去，看到浑浊的河水、一只满载香蕉的小船、蔚蓝色的天空和火红的太阳。[124] 里，贝尔特兰神甫也转过脸去朝着窗子，踮着脚望着粼粼闪光的河水、茅屋和生长着树木的平原。[139] 里，潘达雷昂望着远处一个光屁股的小孩在爬树，一只红羽鹭鸶在一瘸一拐地走动。天际，一片灌木丛在喷出火焰。不过是几笔，依基托斯的面貌已经出来了，河、树、禽鸟、水果、阳光、热带、炎夏，一片色彩缤纷的原始市镇。而利马是灰色的。

依基托斯是炎热的地方，所以，斯卡维诺将军要不断吹风扇，[108]，他把秃头凑近电风扇；[110]，他打开手帕，擦了擦前额、两鬓和脖子上的汗；[114]，他抓起电扇对着自己的面孔、头顶；[125]，将军又坐了下来，吹着电风扇；[129]，将军把手掌、手背放在嗡嗡作响的看不清的扇片前来回翻动着。而贝尔特兰神甫，风扇被将军占用了，只好不停地挥扇子。至于利马的将军们，则悠闲舒服地坐在沙发上抽烟。作者如此三番四次写风扇、抹汗，既呈现依基托斯是一个炎热的边城，是否也在暗示："劳军队"这件事，是一座火山？

边区的依基托斯是这么的一个原始城镇，作者在潘达雷昂和同僚在酒吧中喝啤酒时，也反映了一笔：人们把猴子、鹦鹉和鸟儿做成标本；喝酒的时候，巴卡柯尔索中尉夹给潘达雷昂一片煎蛇肉。这种把描写融化在叙述里的手法，正是福楼拜式的。在巴尔扎克时期，描写是独立结构，和情节分开。

聚合了众多的场景全面推进，产生的效果，以空间、时间的浓缩最明显。同时，这一章写得成功的，还有密度与节奏。由于场景多、人物众，整章小说仿佛一盏转不停的走马灯，角色不断流水出场，一个紧接一个，毫无空隙。场景多、人物众，也显得这章小说热闹、忙碌、喧哗、充满动感。这些，正配合了作品的风格，因为小说一直用讽刺的手法来叙述，反映秘鲁军方的腐朽。如果小说用冷静缓慢的调子来表现，反而显不出潘达雷昂这名荒谬英雄的处境。我们的荒谬英雄就在各种喧闹里从事一种说不得的任务。这种说不得，包括在军队里没有名分，家人都不能接受，同时也不容于个人的道德、操守，真是内外交困。在个人与军规之间，只有他，一个正人君子，成为吃黄连的哑巴。

密度高，节奏明快，是这章小说的特色。在电影上，爱森斯坦和雷诺阿的风格有很大的不同，前者多用短镜割接来组织画面之间的秩序，后者以单镜头娓娓叙述，各成典范。巴加斯·略萨本质上长于单镜头式的叙事，例如他其他的作品：《城市与狗》、《青楼》[《绿房子》]、《教堂咖啡室中的对谈》[《酒吧长谈》]、《胡利亚姨母与剧作家》以及《世界末日之战》都充满单镜头的调度，所以，《潘达雷昂上尉与劳军女郎》的短镜剪接法反而是例外。但，小说写得好不好与是否例外是两件事，得看运用的技巧是否适当切合要写的东西。这次的短镜剪接无疑切合不过了，我们就读出一片炎热、忙碌、焦虑、疑惑、喧闹、滑稽、腐败和混乱的场面。巴加斯·略萨的作品，结构上总是各有特色，而又切合要呈现的现实内容，难怪论者称他为“结构写实”的典范。这是他和其他大部分拉丁美洲作家的分别，他们擅长魔幻写实，而巴加斯·略萨的作品，并不魔幻。

5 翻译

最后，顺便提提小说的译文，作品原本的名字是《潘达雷昂与劳军女郎》，中译加上了上尉两字。成为《潘达雷昂上尉与劳军女郎》，葛洛瓦高斯［科洛瓦科斯（Gregory Kolovakos）］和基利斯特［克里斯特（Ronald Christ）］二人的英译则用《潘托哈上尉与特种任务》。内文方面，英译比较详尽，也较典雅；中译有些地方粗俗些（也许这样更体现了作者的原意），由于道德标准尺度有别，不得不省略了某些句子，也是无可奈何的事。

整体而言，中、英两个译本，各有优点，略有微瑕。译事艰难，如果觉得中译尚有不足之处，也许是没能把波费里奥译得更传神，因为这个人是华裔，只会讲蹩脚的西班牙语，发音不准。英译用拼错的字来显示，比如他说："我也在那里，简直人山人海……"（[183]）英译是：I was thele too and thele was lotta people。又说：Fantastic speakel, that blothel. You not understand him vely good. 至于中译，却仿佛他是一个外语流利的人物。这里，作者并没有歧视华人的意思，相反，后来的章节显示，低下层的人物反而成为上尉的朋友；上层的，自命得道的，不过惺惺作态，他们才是真正的牛鬼蛇神。

读过萧乾译菲尔丁的《大伟人江奈生·魏尔德传》，里面有一封情书，是那名当代纨绔公子的手笔，别字连篇，译得很传神，留下深刻的印象：

> 最神圣而至可敬木的人儿：
>
> 你的眼京既然比太羊还亮，能在我心中引起火苗，我相信它们一定可以洞见我的心。如果说你不知道我的爱情，那是荒堂。不，小姐，我正重否认，走遍全球世界也找不到有人像你那样迷住我的眼京。没有你，就是公殿也成沙漠，可要是有你的话，旷野也会比天堂还可爱。西望你相信我发的誓，指要能和你同在一起，天地

下处处都是天堂。我相信你对我爱情的强列，不加怀宜。我不能把这爱情藏起，正如你——或者太羊不能把美容藏起一样。请相信，自从上次看见你的方容，我一直没睡成叫。西望你大开红恩，准我下午来拜见，容杏之至。谨向我最神圣的人儿致最大的敬意。

最热列敬木你的崇拜者和奴才

江奈生·魏尔德顿首

《潘达雷昂上尉与劳军女郎》中译里有一二处，或仍可斟酌。现选主要的几点来说说。比如 [155]，中译是：波奇塔在髹门，刷衣柜。这两件工作照字面来看，给人的印象是髹漆门扇和把衣柜扫刷干净，显然和真正的意思稍有出入。原文 encera puertas 是给门扇上蜡；而 empapela armarios 则是为一个柜糊纸。其中并非没有分别，打蜡的时间可能较油漆短，不过，糊纸的工作却要比扫刷所需的时间长。

此外，第 [4] 句，丈夫对妻子说要一条毛巾抹脸。中译是：把毛巾递给我。原文有 por favor，英译也用了

please。本来，少了一个“请”字，似乎不大重要，其实，这一个“请”字，显示了拉美女性在家庭中的地位，夫妻也可以是平等的，丈夫没有大男人主义，很尊敬妻子，尊重女性。

第 [118] 句，是佛兰西斯科兄弟在传教，西班牙文中的 su，既可指他的，亦可指她的，被译成了不同的意思。中译全译作她的：她的肉体，她的血，她的眼泪，她的汗水。在这里，“她”泛指母亲。英译则译为“他的”，而且是大楷的写法 His。这么一来，指的就是耶稣了。后者或更贴切。因为是传道的声音。

第 [144] 句的翻译，挺有趣，中尉夹给上尉吃的到底是什么东西？中译说是一片煎蛇肉，英译说是炸马铃薯片（potato chips）。而原文的 chonta，我只知是棕榈树。可把我弄糊涂了，看来要去请教朋友。为什么那么重视这食物？我觉得它反映不同地方的饮食文化，在香港，吃一碗蛇羹，极富地方色彩，可是喝一盘罗宋汤，却是另一回事。

第 [170] 句，中译把妓女译为夜蝴蝶，既忠于原文，而且传神。

第 [178] 句，波费里奥唱着母亲编给他的歌，中译是：“本人天生是穷厮，老鸨小偷干到死。”其实，原文是母亲的预言：“华人天生是穷厮。”这里有华人的辛酸史迹，从上一代吟唱下来，并非单指波费里奥。

一九八五年十二月初稿，一九九三年十一月修订

附 录

潘达雷昂上尉与劳军女郎（第一章）[1]

（秘鲁）马里奥·巴加斯·略萨／作

孙家孟／译

[1] “喂，醒醒，潘达，”波奇塔说道，“都八点了，潘达，潘弟达。”

[2] “都八点钟了？见鬼，这一觉睡得真香。”潘弟达打着呵欠，“你把肩章给我缝上了吗？”

[3] “缝上了，中尉，”波奇塔一立正，“哎呀，对不起，上尉。你呀，在我习惯叫你上尉以前，你还是当你的中

1 该部分刊登于《传声筒》（洪范书店 1995 年 10 月初版），编辑时参照《潘达雷昂上尉与劳军女郎》（人民文学出版社 2009 年 12 月初版，孙家孟译）进行了修改，对于西西所提及之处均保留原文。——编者著

尉吧，亲爱的。早就缝好了，看上去漂亮极了。你赶快起来吧，你的约见时间是……”

[4]“九点。”潘弟达擦着肥皂，“你说这次会把我们派到什么地方去，波恰？把毛巾递给我。你想想看，亲爱的。”

[5]“就派在这儿，利马。”波奇塔观赏着灰色的天空、房顶、汽车和行人，“哎呀！我要流口水了，利马，利马，利马！”

[6]“你别做梦了，利马，根本不可能，你想得倒美。”潘达照着镜子系领带，“哪怕把我们派到一个像特鲁希约或塔克纳那样的城市，我就心满意足了。”

[7]“你瞧，《商报》上的这条消息可真够逗人的，”波奇塔做了一个怪相，“在雷迪西亚有个人为了宣布世界末日的到来，把自己钉在十字架上了，后来被送进疯人院，可是人们又把他抢了出来，因为大家认为他是个圣徒。雷迪西亚是森林地区，属于哥伦比亚的那部分吧？”

[8]“穿上上尉军装，你显得神气极了，亲爱的孩子。”雷奥诺尔太太把果酱、面包和牛奶摆在桌子上。

[9]“现在属于哥伦比亚，过去是秘鲁的，是哥伦比亚从我们手里夺走的。”潘达往烤面包上抹着黄油，“妈妈，再给我来点咖啡。”

[10]“还是把我们派回奇柯拉约吧，”雷奥诺尔太太把面包屑收到盘子里，撤下台布，“不管怎么说，我们在那儿生活得不是挺好吗？我觉得最主要的是不要离开沿海地区太远。去吧，孩子，祝你交好运，去吧，我祝福你！”

[11]“以上帝、圣灵和死于十字架上的圣子的名义！”弗兰西斯科兄弟仰望夜空，俯视火炬，“我绑着双手，这十字架就是供品，为我画十字吧！”

[12]“小姐，洛佩斯·洛佩斯上校约见我。”潘达雷昂·潘托哈上尉说道。

[13]“还有两位将军也在等您呢。”秘书小姐挤挤眼，“进去吧，上尉。对，就是那个咖啡色的门。”

[14]“他来了。”洛佩斯·洛佩斯上校站了起来，“进来，潘托哈，祝贺您又添了一条杠。”

[15]“评审团一致通过，您在晋升考核中获得总分第一名。”维多利亚将军又是握手，又是拍肩，“上尉，好样的，

要想干大事业，为祖国服务，就得这样。”

[16]“请坐，潘托哈，”柯亚索斯将军指了指沙发，“坐好，坐稳，听着，我要告诉您一件事。”

[17]“你可别给我把他吓坏了，老虎，”维多利亚将军挥挥手，“他会以为我们要把他送进屠宰场呢。”

[18]“军需处长官亲自来向您宣布新的使命，这就说明事情很棘手。”洛佩斯·洛佩斯上校表情严肃起来，“是的，潘托哈，这件事相当微妙。”

[19]“二位长官亲临宣布，我至感荣幸。”咔的一声，潘托哈脚跟一碰，“哎呀，我的上校，您可引起了我极大的好奇心。”

[20]“吸烟吗？”老虎柯亚索斯掏出香烟和打火机，“您别总是站着呀，坐，坐，怎么，您不吸烟？”

[21]“还是情报局有眼力。”洛佩斯·洛佩斯上校摸着影印文件，“这正是我们需要的人：烟酒不进，规规矩矩。”

[22]“一个没有嗜好的军官，”维多利亚将军表示敬佩，“这下子除了圣罗莎和圣马丁·德波腊斯以外，在天堂也有人代表我们军人了。”

[23]“二位长官太过奖了，”潘托哈上尉脸红了，“长官不了解，我也可能染上某种嗜好的。”

[24]“我们比您本人更了解您。”老虎柯亚索斯举起文件夹，接着又放回办公桌，“您要是知道我们用了多长时间来研究您的历史，您非大吃一惊不可。我们了解您干过什么，没干过什么，以及您将来要干什么，上尉。”

[25]“您的服役履历我们都能背下来，”维多利亚将军打开文件夹，在卡片和表格中翻了翻，“作为军官，您没受过惩罚，只是在当士官生的时候，受过七次轻微警告。因此您被选中了，潘托哈。”

[26]“在军需处整整八十名军官中，只有您被选中了，”洛佩斯·洛佩斯上校抬起一边的眉毛，“您可以像孔雀一样地骄傲了。”

[27]“我非常感谢诸位长官对我的赏识，”潘托哈上尉的眼睛模糊了，“我当竭尽全力，以报答诸位长官对我的信任，上校。”

[28]“这个上尉叫潘达雷昂·潘托哈？”斯卡维诺将军拍打着电话，“我听不清楚，你把他派到我这儿干什么，

老虎？”

[29]“您在奇柯拉约给人留下了很好的印象，”维多利亚翻阅着一份报告，“孟德斯上校非要把您留下来不可。看起来，在您的领导下，兵营管理得井井有条。”

[30]“‘天生的组织家的才能，对秩序有着数学的头脑，执行命令非常得力’，”老虎柯亚索斯念出了声，“‘在兵团中管理有方，富有创造性’，呜呀，孟德斯这家伙爱上您啦！”

[31]“这种表扬使我受宠若惊了，”潘托哈上尉低下了头，“我只是竭力完成任务罢了。”

[32]“什么劳军队？”斯卡维诺爆发一阵大笑，“不管是你，还是维多利亚，都别想寻我开心，老虎，你们难道忘了，我可没有什么缺点能让你们开玩笑的。”

[33]“好吧，就对您直说了吧。”维多利亚将军把手指放在嘴唇上，“这件事要求绝对保密，我指的是即将交给您的任务，上尉。老虎，你就吓唬吓唬他吧。”

[34]“简而言之，森林地区的部队在糟蹋妇女，”老虎柯亚索斯喘了一口气，眨眨眼，又咳嗽了一声，“强奸事

件层出不穷，法院都审理不过来了，阿玛逊［亚马逊］地区都闹了起来。”

[35]“每天都有不少的通报、控告信，像炸弹一样向我们飞来，”维多利亚将军搔着下巴上的胡子，“连最偏僻的小镇都派了代表团来抗议。”

[36]“您的士兵在奸污我们的妇女！”派瓦·鲁努伊市长手里揉着帽子，声音也变了，“几个月以前，我的一个弟妹被糟蹋了，上星期本人的妻子也险遭侮辱。”

[37]“士兵并非鄙人的，乃属国家。”维多利亚将军做了一个安抚的手势，“冷静，请您冷静点，市长先生。本军对您弟妹的外遇深表遗憾，并当尽力予以赔偿。”

[38]“怎么，现在把强奸称作外遇了？”贝尔特兰神甫感到迷惑不解，“噢！其实就是那么回事。”

[39]“弗洛西塔被两个从农场出来的士兵抓住，就在大路上给他们干了。”特奥弗洛·莫雷市长咬着指甲，跳着脚，“将军，这两个士兵可真会瞄准，结果姑娘肚子大了！”

[40]“请您过来，请您把那些强盗给我指认出来，陶

乐德娅小姐。”波德·卡萨汪基上校挤挤眼，“别哭，请您别哭，一切由我来解决。”

[41]“让我出去指认？您倒想得出！”陶乐德娅哭哭啼啼，“让我一个人到全体士兵面前去出丑？”

[42]“士兵们马上就要从哨所这儿列队走过，”玛克西莫·达维拉上校躲在铁栏杆后面说道，“您就在窗后偷偷地看着，一发现那些狂妄之徒，您就指出来，赫苏斯小姐。”

[43]“什么狂妄之徒？”贝尔特兰神甫唾星四溅，“堕落分子，无耻之徒，歹徒！竟敢污辱阿松塔夫人，简直是给陆军丢脸！”

[44]“一个中士强奸了我的女仆鲁易莎·卡内帕，接着是一个下士，随后又来了一个下等兵。”巴卡柯尔索中尉擦着眼镜，“不知怎的，她倒喜欢上了这种事。司令，她现在干上了妓女这一行，改名为贝秋佳，找了个保护人，是个同性恋者，外号叫千面鬼。”

[45]“现在请您指定一下，您愿意同哪个人结婚，陶乐莱斯小姐？”奥古斯托·瓦尔德斯上校在三个新兵面前来回走着，“牧师马上就主持婚礼，选吧！您来挑选吧，

您愿意让哪一个来当您未来儿子的爸爸？”

[46]“我的太太就在教堂给他们干了，”木匠阿德里亚诺·拉尔克笔挺地坐在椅子边上，“不是在大教堂，那是在圣基督·德·巴加珊教堂里，先生！”

[47]“事情就是这样，亲爱的听众们！”辛奇大声疾呼，“这些亵渎神明的好色之徒，既不害怕上帝，也不尊重神圣的教堂和洛列托几代人的命根子——本省的守护女神的苍苍白发。他们丝毫无所顾忌！”

[48]“他们把我拉住不放，哎呀，我的耶稣，他们硬把我按在地上，”克里斯蒂娜太太哭泣着，“他们喝得醉醺醺的，满嘴污言秽语，在祭坛前面就……我敢发誓！”

[49]“克里斯蒂娜是全洛列托省最慈善的人，”贝尔特兰神甫大声吼道，“竟被他们奸污了五次！”

[50]“还有他们亲爱的女儿、亲爱的侄女、亲爱的干女儿，我知道了，斯卡维诺。”老虎柯亚索斯吹吹军装垫肩上的头皮，“那位贝尔特兰神甫不是随军神甫吗？他到底站在我们一边，还是站在他们一边？”

[51]“我以神职人员的身份抗议，也以士兵的身份抗议，

将军,”贝尔特兰司令挺胸腆腹,“因为这种暴行不仅有损于受害者,而且也有伤风化!”

[52]“新兵们固然对您夫人企图不轨,”维多利亚将军微笑着鞠躬行礼,表示和解,“但是请您不要忘记,贵亲戚也差点把他们揍死,我这儿有一份医生的诊断:肋骨折断,内伤瘀血,耳朵撕裂。在这种情况下,双方打成平局,亲爱的大夫。”

[53]“到依基托斯去?”波奇塔停止了往衬衣上喷水,手里举着熨斗,“嗬,把我们派得可真够远的!”

[54]“用这木十字架,你生火煮饭;用这木十字架,你建造房屋、睡床以及过河的木筏;”弗兰西斯科兄弟高高地吊着,望着众人那一动不动像树林般的脑袋、渴望的面孔和张着的双臂,“用这木十字架,你做成鱼叉捉鱼,做成吹箭筒捕兽,做成棺木埋葬死人。姐妹们,兄弟们,为了我,你们跪下吧!”

[55]“事情伤脑筋啊,潘托哈!”洛佩斯·洛佩斯上校直打瞌睡,“康达玛纳市的市长还发布了通告,要求市民在军队放假的日子里把妇女都关在家里。”

[56]“再说离海也太远了，”雷奥诺尔太太放下针，把线绕牢，再用牙咬下来，“在森林地带长脚蚊不少吧？我可受不了这个罪，你是知道的。”

[57]“您瞧这个名单，”老虎柯亚索斯搔着头，“不到一年就有四十七个妇女怀了孕，贝尔特兰神甫手下的牧师主持了二十次婚礼，当然喽，解决这个灾难需要采取比强迫结婚更为彻底的措施。到目前为止，惩罚、刑责并不能改变这种情况。士兵们到了森林地区都变成发情的猪了。”

[58]“好像对派到那个地方去最为垂头丧气的倒是你了，亲爱的。”波奇塔翻箱倒柜，“为什么，潘达？”

[59]“恐怕是天气热，气候的关系，您说呢！”老虎柯亚索斯精神起来了。

[60]“很可能，将军。”潘托哈上尉结结巴巴地说。

[61]“气候湿热，植物繁茂，”老虎柯亚索斯舔了舔嘴唇，“我一直有这样的感觉，一到森林地区就浑身冒火，热血沸腾。”

[62]“要让尊夫人听见，可小心你的爪子，老虎！”维多利亚将军笑了。

[63]“起初，我们以为是饭食的关系，”柯亚索斯将军在肚皮上拍了一下，“在驻地里调料用得太多了，人们的性欲旺盛与此不无关系。”

[64]“我们也请教了专家，甚至重金求教于一个瑞士人，”洛佩斯·洛佩斯上校搓着手指，“那是个有许多头衔的食谱专家。”

[65]“没关系，”贝尔纳德·拉奥埃教授在小本子上记着，“我们来制定一个食谱，在不减少必需的蛋白质的情况下，把士兵们的性欲削弱85%。”

[66]“您可别大意，”老虎柯亚索斯嘀咕道，“我们也不希望陆军成为一支太监部队，医生。”

[67]“奥贡内斯呼叫依基托斯，奥贡内斯呼叫依基托斯，”桑达纳少尉不耐烦地叫着，“对，事情很严重，非常紧急，瑞士人的办法没有达到预期的效果，我的士兵都快要饿死了，都得了结核病。今天在点名的时候又晕倒了两个人，司令。”

[68]“不是开玩笑，斯卡维诺，”老虎的电话筒夹在耳朵和肩膀之间，点了一支香烟，“我们考虑来考虑去，还

是认为这是解决问题的唯一办法，我这就把潘托哈连同他的母亲、妻子给你派去。祝你胃口好。”

[69]“我和波奇塔商量好了，我们愿意随你去依基托斯，”雷奥诺尔太太折起头巾，整好裙子，捆好鞋子，“可你还是愁眉苦脸的，你怎么了，孩子？”

[70]“您是最适合的人选了，”洛佩斯·洛佩斯上校站起来搂住他的肩膀，“这一头痛的事情将由您来加以解决。”

[71]“不管怎么说，依基托斯还是个城市，潘达，而且看上去是个漂亮的城市。”波奇塔把抹布丢在垃圾桶中，拉上提包的拉链，“别这么愁眉苦脸的，要是派你到山区去，不是更糟了吗？”

[72]“说真的，我真不知如何去完成这个任务。”潘托哈上尉咽了一口唾沫，“不过，我自当尽力执行命令。”

[73]“您先到森林地区去，”洛佩斯·洛佩斯上校拿起一个尖棒，在地图上的一个地方指了指，“您的行动基地将设在依基托斯。”

[74]“我们来研究一下问题的本质所在，再予以根本的解决。”维多利亚将军以拳击掌，“您可能已经猜出来了，

潘托哈，这并不仅仅是一个妇女受辱的问题。”

[75]“问题还在于，士兵们在这有害的炎热气候条件下，还得像纯洁的小鸽子一样地生活。”老虎柯亚索斯咂了咂舌头，“在森林地区服役的人，都是好样的，潘托哈，真是好样的！”

[76]“在亚马逊地区，乡下姑娘都有主儿了，”洛佩斯·洛佩斯上校做了一个手势，“没有妓院，也没有风流娘儿们可供解闷。”

[77]“士兵们整星期地关在兵营里，要不就到山里去执行命令，做梦都想到假日。”维多利亚将军也在想象，“到了假日，还要走许多路才能到达最近的市镇上，到了镇上还能有好事？”

[78]“当然不会有好事，这都是由于娘儿们太少的缘故。”老虎柯亚索斯耸耸肩，“没有自渎过的人可就来劲了，一杯酒下肚，见到女人就会像饿虎扑食般地扑过去。”

[79]“而且还发生过同性恋、兽交之类的事呢！”洛佩斯·洛佩斯上校说得更明确了，“您想想吧，奥贡内斯的一个士兵同一个母猴在过性生活的时候被人撞见了。”

[80]“那母猴有个可笑的名字，叫‘第五班的奶嘴’，”桑达纳少尉忍住笑，“这事过去了，因为我一枪把它毙了，那个堕落的士兵也叫我给关了禁闭，上校。”

[81]“总而言之，没有性生活就要引起最卑下的堕落和腐化，”维多利亚将军说道，“就会败坏士气，引起精神失常，对一切无所顾忌。”

[82]“必须给饥饿的人吃饭，潘托哈，”老虎严肃地看着他，“您去的地方，需要您运用您的组织才能。”

[83]“你怎么总是愣神，一言不发，潘达？”波奇塔一面把机票放在包里，一面打听机场的入口处，“那儿有几条河，我们可以去洗澡，到部落去游玩。打起精神来，傻瓜！”

[84]“真怪，你是怎么了，亲爱的孩子？”雷奥诺尔太太望着云层、飞机的螺旋桨和下面的树木，“一路上你一声不吭，什么事使你这么发愁？”

[85]“没什么，妈妈；没什么，波奇塔。”潘达扣上安全带，“我很好，没有什么。瞧，马上到了，那儿是亚马孙河吧？”

[86]“这几天你一直都是神不守舍的，”波奇塔戴上太阳镜，脱下大衣，“一句话也不说，瞪着眼睛出神，唉，可真让人受不了，我还没见过你变得这么厉害，潘达！”

[87]“这新的使命搞得我坐卧不安，不过这早就过去了。”潘达打开皮夹，付给司机几张钞票，“对，师傅，门牌五百四十九号，利马旅馆。等等，妈妈，我来扶你下车。”

[88]“你难道不是军人吗？”波奇塔把旅行袋摔在椅子上，脱掉皮鞋，“你也知道你会被派到随便什么地方去的，依基托斯并不坏嘛，潘达，你不觉得这城市蛮可爱的吗？”

[89]“你说得对，这几天我真像个傻瓜。”潘达打开衣橱，把一套军装、一套西装挂起来，“大概是我对奇柯拉约产生了感情。说真的，我这情绪早就消失了。好吧，把箱子打开吧，这天气太热了，对吗，亲爱的？”

[90]“我嘛，我在旅馆里过一辈子都愿意。”波奇塔仰躺在床上，伸了个懒腰，“有人服侍，什么事都不用操心。”

[91]“在一个小旅馆里给潘托哈家生一个士官生好不好？”潘达解开领带，脱下衬衣。

[92]“给潘托哈家生个士官生？”波奇塔睁开眼睛，

肘撑枕头，解开衬衣上的扣，“真的吗？我可以订货了，潘达？”

[93]“我不是早答应过你，等我有了三条杠就订货吗？”潘达拉直裤子，叠好，挂起来，“生下的小士官生，将来就是洛列托人了，怎么样？”

[94]“太妙了，潘达！”波奇塔又是笑又是拍手，在床垫上跳着，“多么美满呀，一个小士官生，一个小潘弟达！”

[95]“不过必须尽早订货，”潘达张开双手伸了过去，“货才能到得快，来，亲爱的，你往哪里逃？”

[96]“喂，喂，你这是怎么啦？”波奇塔跳下床，跑进浴室，“你疯了？”

[97]“来吧，来吧，生个小士官生，”潘托哈被箱子绊得跌跌撞撞，椅子也碰翻了，“我们现在就订货，过来，波奇塔。”

[98]“现在才中午十一点，我们刚刚到呀！”波奇塔用手连推带搡，最后生气了，“放开我，你妈妈会听见的，潘达！”

[99]“这是来到依基托斯的第一次，进旅馆的第一次！”

潘达喘着粗气，撕掳着，拥抱着，最后滑了一跤，“来吧，亲爱的。”

[100]“您瞧瞧吧，您从这些通报、控告信中得到了什么好处？”斯卡维诺将军挥舞着一份满是公章和签字的油污文件，“这您也有过错，贝尔特兰司令，您看看这家伙到依基托斯是来组织什么的吧！”

[101]“你要把我的裙子撕破了！”波奇塔躲在衣橱后面，扔出枕头，最后还是妥协了，“我都不敢认你了，潘达，你本来是挺规矩的，你这是怎么啦？放手，我自己脱。”

[102]“我本来是想消灭病毒，而不是引起病毒，”贝尔特兰对着司令那涨红的面孔看了又看，“没想到药方比疾病本身还糟。将军，简直不可想象，这太过分了，您允许这么干吗？”

[103]“还有乳罩、丝袜，”潘弟达满头大汗，扑上去，一抽一送，“老虎说得对，又湿又热，浑身冒火，热血沸腾。来，搔搔使我高兴的地方，耳朵，波奇塔。”

[104]“大白天的，真不好意思，潘达。”波奇塔盖上被单气喘吁吁地抱怨着，“你一会儿就要睡着了，你不是

三点钟要到司令部去吗？每次完事你总是要睡一会儿的。”

[105] “我洗个淋浴就行了。”潘弟达说着，一弓一挺，“别讲话，别分散我的注意力，给我搔搔耳朵。对，对，就这样，噢，我要死了，亲爱的，我简直不知自己是谁了……”

[106] “您是谁我知道得清清楚楚，您到依基托斯来干什么，我也知道得清清楚楚。”罗赫尔·斯卡维诺将军嘟嘟囔囔的，“咱们开门见山，对您的到来，我丝毫不感到高兴，上尉，这一点我事先就得跟您说清楚。”

[107] “请原谅，将军，”潘托哈上尉含糊不清地说，“这里面可能有些误会。”

[108] “我根本不同意您到这儿来组织劳军队，”斯卡维诺把秃头凑近电风扇，眯起眼，过了一会儿说，“我一开始就反对，我一贯认为干这种事太可怕了。”

[109] “尤其是有伤风化，毫无道理！”贝尔特兰使劲地扇着扇子。

[110] “司令和我保持了沉默，因为这是上级的命令，”斯卡维诺将军打开手帕，擦了擦前额、两鬓和脖子上的汗，“但上级并没有使我们信服，上尉。”

[111]“我同这个计划毫无关系，”潘托哈上尉满头大汗，一动不动，“我接到通知的时候也是大吃一惊，神甫。”

[112]“我是司令。”贝尔特兰神甫纠正他，“您不会数肩章上的杠杠吗？”

[113]“对不起，司令。”潘托哈上尉轻轻碰了一下脚跟，“我根本没有参与此事，我向您保证！”

[114]“您不是军需处里想出这个坏点子的智囊吗？”斯卡维诺将军抓起电扇对着自己的面孔、头顶，嗓子发哑，“不管怎么说，有些事情得说清楚，我虽不能阻止这件事的进行，但我要尽量不使陆军受到玷污，谁也玷污不了自从我领导第五军区以来，陆军在洛列托省赢得的光辉形象。”

[115]“这也是我的愿望，”潘托哈上尉从将军的肩上望着浑浊的河水、一只满载香蕉的小船、蔚蓝色的天空和火红的太阳，“我准备尽力而为。”

[116]“如果消息传了出去，此地就会闹翻天，”斯卡维诺将军提高了声音，站起来把手撑在窗台上。“利马的战略家们，坐在办公室里安安稳稳地出鬼点子，而若事发，活受罪的是我斯卡维诺将军！”

[117]“我同意您的看法，您也应该相信我，”潘托哈上尉汗流浃背，祈求道，“我自己是不会要求这种任务的，这同我经常的工作大不一样，我也不知道我能不能胜任。”

[118]“你的父母在木床上交欢造出了你，生你的人在木床上吃力地分开双腿把你生下，”黑暗中，弗兰西斯科兄弟在十字架上哀泣，号叫，“木床感到了她的肉体，被她的血染红，接受了她的眼泪，被她的汗水弄湿。制造这床的木头是神圣的，这木头给我们所有的人带来了健康。姐妹们，兄弟们，为了我，张开你们的臂膀吧……”

[119]“这扇门将会有几十人进进出出，这间办公室将会充满抗议的声音、签字的控告书和匿名信。”贝尔特兰神甫激动地来回走动，把扇子打开又合上，“整个亚马逊地区就会闹翻了天，就会认为这一丑事是斯卡维诺将军一手搞的。”

[120]“我好像听见辛奇这个煽动者正在麦克风前污蔑我。”斯卡维诺将军转过身来，脸色都变了。

[121]“我得到的指示是，劳军队必须在极端秘密的情况下进行活动，”潘托哈上尉大胆地脱下军帽，用手帕揩

指前额，擦擦眼睛，“我一定每时每刻遵守这一规定，将军。”

[122]“可我用什么话来平息众怒呢？”斯卡维诺将军叫喊着，围着办公桌转来转去，“利马考虑没考虑我的处境？”

[123]“如果您愿意的话，我今天就可以请求调走。”潘托哈上尉脸色发白，“我对劳军队丝毫没有兴趣。”

[124]“说得多么好听呀！想出这个字眼的人可真是个天才，”贝尔特兰神甫转过脸去朝着窗子，踮着脚望着粼粼闪光的河水、茅屋和生长着树木的平原，“劳军女郎，劳军女郎！”

[125]“您调走也没用，一个星期之后还会调人来。”斯卡维诺将军又坐了下来，吹着电风扇，揩揩头上的汗水，“这事对陆军有无损害可全靠您了，您肩负着比火山还重大的责任呀！”

[126]“您完全可以高枕无忧，将军。”潘托哈上尉立正，挺胸，直视，“我一生中最尊重、最热爱的就是陆军。”

[127]“目前您为陆军服务的最好方式就是远离陆军，”斯卡维诺将军声音柔和了，做出和蔼的样子，“至少在您

领导劳军队的期间内。”

[128]“对不起，您说什么？”潘托哈上尉眨眨眼。

[129]“我希望您不要踏进司令部和依基托斯的各个军营一步，”斯卡维诺将军把手掌、手背放在嗡嗡作响的看不清的扇片前来回翻动着，“一切正式活动，包括检阅、做祈祷，您都不能参加，也不能穿军装，只能穿便服。”

[130]“我上班也要穿便服吗？”潘托哈上尉还在眨眼。

[131]“您将在远离司令部的地方上班，”斯卡维诺将军用带有疑惑、伤心、同情的眼光看着他，“您不要太天真，伙计，您想，在这儿能给您准备出一间办公室来进行您的组织工作吗？我在依基托斯郊区河边已经给您腾出了一个仓库，您就穿着便服到那儿去上班，不能让任何人知道那个地方同陆军有联系，懂了吗？”

[132]“懂了，将军！”潘托哈上尉张大了嘴，连连点头，“不过事情出乎我意料，我不知道还得改变身份。”

[133]“您要注意，您是情报局百里挑一选中的，”贝尔特兰神甫离开窗口，走近他，向他慈祥地笑了笑，“现在就看您有没有能耐隐名埋姓地生活了。”

[134]“我试着去习惯吧，将军。”潘托哈上尉含混地说。

[135]“另外，您住在陆军住宅区也不合适，所以要在城里找所房子。”斯卡维诺将军用手帕轻轻地抹着眉毛、耳朵、嘴唇和鼻子，“我还要请求您，不要同军官们发生任何关系。”

[136]“您指的是友谊关系吗，将军？”潘托哈上尉感到有点气喘。

[137]“当然不是爱情关系喽……”贝尔特兰神甫不知是笑，是嗓子发哑，还是咳嗽。

[138]“我也知道，这工作很艰苦，您得付出很大的精力，”斯卡维诺将军和蔼地点点头，“但别无他法，潘托哈。您的使命要求你同亚马逊地区各色人物打交道，唯一能避免涉及陆军的办法，就是您本人得做出牺牲。”

[139]“简单说吧，我必须隐瞒自己的军官身份，”潘托哈上尉望着远处一个光屁股的小孩在爬树，一只红羽鹭鸶在一瘸一拐地走动。天际，一片灌木丛在喷出火焰。“身穿老百姓的服装，同老百姓打交道，像老百姓那样工作。”

[140]“但是要像军人那样思考问题，”斯卡维诺将军

在桌上轻轻一击，“我指定了一个中尉做你我之间的联络员，你们每周见面一次，您将通过他向我汇报您的工作情况。”

[141]“您完全不用担心，我一定守口如瓶，”巴卡柯尔索中尉举起啤酒杯，说声“祝您健康”，“我什么都知道了，上尉。您看我们每星期二见面怎么样？我想我们的会面地点应该在酒吧间、妓院，您现在得经常去去这种地方了，对吧？”

[142]“这使得我有一种犯罪的感觉，一种麻风病患者的感觉，”潘托哈上尉逐个地观察着猴子、鹦鹉和鸟类的标本，以及站在柜台前喝酒的人们，“一开始斯卡维诺将军就抵制，我怎么能开展工作？一开始就打击我的情绪，要我进行伪装，不叫我出头露面。”

[143]“你去司令部的时候还挺高兴，怎么现在又是一副垂头丧气的样子了？”波奇塔踮起脚在他面颊上吻了一下，“出了什么事？你迟到了，斯卡维诺将军骂你了？”

[144]“我尽量帮助您，上尉。”巴卡柯尔索中尉夹给他一片煎蛇肉，“我虽说不是个专家，但我尽力而为。您

这种美差，换了别的军官还求之不得呢！您想想，行动自由，自定时刻表，自制工作制度，还不算别的外快，上尉。”

[145]“我们就住在这儿？这么个难看的地方！”雷奥诺尔太太看了看斑驳的墙壁、肮脏的地板和布满蜘蛛网的天花板，“为什么不在陆军住宅区给你一所漂亮的房子？你太软弱了，潘达！”

[146]“你不要以为我是个失败主义者，巴卡柯尔索，我只是有点不知怎么办好。”潘托哈上尉尝了尝，嚼了起来，咽下去，说声好吃，“我是个很好的管理人员，但是不让我干本行，而对这事我又一窍不通。”

[147]“您去看了您的作战中心了吗？”巴卡柯尔索中尉又斟满酒杯，“斯卡维诺将军签署了一项通告，禁止依基托斯的任何军官走近依达雅河岸上的那个仓库，违者处以三十天禁闭。”

[148]“还没去看，”潘托哈上尉喝了一口，抹抹嘴，憋了一个嗝儿，“因为……坦率地说吧，为了按照要求完成任务，我首先得在这方面取得经验，比如说吧，了解了解夜生活，还得喜欢凑热闹。”

[149]“你就这样去司令部吗，潘达？”波奇塔靠近他，摸摸他的无袖衫，闻闻他的蓝色长裤和骑士帽，“你的军装呢？”

[150]“很可惜，这种事我又干不来。”潘托哈上尉发了愁，做了一个不好意思的动作，“我从来不是浪荡公子，年轻的时候也没放荡过。”

[151]“我们不能同军官家属聚会？”雷奥诺尔太太举起掸子、扫帚、铝桶，又是掸，又是扫，又是擦，最后惊奇地说道：“我们要跟老百姓一样？”

[152]“我当士官生的时候，在外出的日子里，我宁可留在学校里学习。”潘托哈上尉无限怀念地回忆着，“特别是啃数学，我最喜欢了。我从不参加什么晚会，说起来您不信，我只是学会了最容易的舞步：小波莱罗舞和华尔兹舞。”

[153]“连邻居都不能让他们知道你是上尉？”波奇塔擦着玻璃，洗刷地板，粉刷墙壁，最后也吃了一惊。

[154]“这一切对我来说太可怕了。”潘托哈上尉畏畏缩缩地向周围看了一眼，然后凑到中尉的耳朵上说道，“一

个人一辈子都未同妓女接触过，怎么能组织劳军队呢，巴卡柯尔索？”

[155]“一个特殊任务？”波奇塔在鬃门，刷衣柜，挂画，“你要在情报局工作？啊，我一看你这神秘劲儿就猜出来了，潘达。”

[156]“我一想到成千上万的士兵在期待着，对我抱有如此大的信心，他们数着日子盼着这一天的到来，”潘托哈上尉端详着酒瓶，慢慢激动起来，最后带有睡意地说，“我就坐卧不安，巴卡柯尔索。”

[157]“什么军事秘密？屁！”雷奥诺尔太太整衣柜，缝窗帘，掸灯罩，插开关，“对妈妈也保密？哎呀呀，你瞧瞧……”

[158]“我不愿使他们失望，”潘托哈上尉愁眉苦脸的，“可我他妈的从哪儿着手呢？”

[159]“你不告诉我，你也好受不了。”波奇塔整理床铺，铺上台布，油漆家具，把杯子、盘子、餐具摆在食柜里，“以后你就别想让我搔你喜欢的地方，咬你的耳朵，反正随你便，亲爱的。”

[160]“祝您旗开得胜，上尉。”巴卡柯尔索给他打气，建议干杯，“妓女不来找上尉，上尉就去找妓女嘛，我看这最简单不过了。”

[161]“当间谍，潘达？”波奇塔搓着手欣赏着房间，低声对雷奥诺尔太太说，“瞧我们把这猪圈收拾得多么好，不是吗？就像在电影里那样，嘀，亲爱的，太棒了！”

[162]“今晚您就到依基托斯妓院多的地方溜达溜达，”巴卡柯尔索中尉在餐纸上写下地点：茅茅、007、独眼猫、小圣胡安，“熟悉熟悉情况。我倒是很愿意陪您去，但是您知道斯卡维诺的命令可严着呢！”

[163]“穿这么漂亮到哪儿去，孩子？”雷奥诺尔太太同时回答波奇塔，是的，房间都认不出来了，我们该受奖赏，“噢哟，瞧你这身打扮，还系领带，还不热死你。去参加高级会议？还有晚上开会的？你也能做间谍？太滑稽了，潘达，嘘……我不讲话了。”

[164]“到了这几个地方，您就打听一个叫波费里奥的人，”巴卡柯尔索把餐纸折好，放在上尉的衣袋里，“这个人能帮您忙。我看您还是找几个挨门挨户洗衣服的女

郎吧，您知道什么是‘洗衣女郎’吗？”

[165]“他不是被淹死的，不是被烧死的；不是被绞死的，也不是被乱石打死的，更不是被剥皮死的。”弗兰西斯科兄弟呻吟，哭泣，脚下的火把噼啪作响，祈祷声嗡嗡一片，“他是被钉死在木头上的，他宁愿死在十字架上。谁愿意听就听吧，谁愿意理解就理解吧。姐妹们，兄弟们，为了我，请你们击掌三次……”

[166]“晚上好！嘿……嘿……啊——啊嚏！”潘达雷昂·潘托哈打了个喷嚏，坐在凳子上，靠在栏杆上，“请来瓶啤酒，依基托斯我是初来乍到，正在熟悉情况。这个地方是叫‘茅茅’吧？门口上画着弩箭和图腾呢，我看见了。”

[167]“给您啤酒，凉极了，”侍者端上酒，揩了杯子，向大厅指了指，“对，是叫‘茅茅’。今天是星期一，没有什么顾客。”

[168]“我想打听一下，嘿，嘿……”潘达雷昂·潘托哈干咳了一声，“如果可以……我只是想了解一下……”

[169]“到哪儿找姑娘，对吗？”侍者用拇指和食指比画了一个圈儿，“这儿就有，不过今天都看十字架圣徒弗

兰西斯科兄弟去了，听说这个人是从巴西爬着来的，还显奇迹呢。您看，谁来了？喂，波费里奥，来一下，我给你介绍一下这位先生，他是观光来的，想打听一下……”

[170]“打听妓院和夜蝴蝶？”波费里奥朝他挤挤眼，鞠了一躬，伸过手去，“当然可以，先生，两分钟我就能介绍完，您只要请我喝杯啤酒，便宜吧，对不对？”

[171]“非常荣幸。”潘达雷昂·潘托哈指了指旁边的凳子，请他坐下，“当然要请您喝一杯了，不过您别搞错了，我个人并无此雅兴，只是个技术问题而已。”

[172]“技术问题？”侍者作恶心状，“我希望您不是个密探，先生。”

[173]“妓院并不多。”波费里奥伸出三个指头，“祝您健康，生活愉快。有两个还相当不错，一个是低级的，是乞丐去的地方。也还有些夜蝴蝶是独立营业的，走街串户的，这些夜蝴蝶叫做‘洗衣女郎’，您知道吗？”

[174]“噢，真的？这太有意思了！”潘达雷昂·潘托哈微笑着鼓励他说下去，“这些地方我都没去过，出于好奇心，请问您有联系吗？就是说您同这些地方有交情、

有接触吗？”

[175]“这个波费里奥，凡是有姑娘的地方，他都喜欢去，”侍者笑了，“人们都叫他伯利恒区的傅满洲，对不对，老乡？伯利恒区就是水上居民区，是亚马逊地区的威尼斯，您去参观过没有？”

[176]“我这辈子什么事都干过，可并不富，先生。”波费里奥吹了吹泡沫，喝了一口，“钱没赚很多，经验倒是不少，电影院售票，开汽艇，捕蛇出口，都干过。”

[177]“可所有这些地方都因为你爱嫖女人而把你赶出来了，浪荡哥，兄弟！”侍者给他点了一支烟，“你把你妈妈给你编的歌唱给这位先生听听。”

[178]“‘本人天生是穷厮，老鸨小偷干到死。’”波费里奥一面喝，一面自鸣得意地狂笑，“唉，我漂亮的小妈妈早升天啦。人生一世，及时行乐，对不对？再喝一瓶冰镇啤酒凉快凉快怎么样，先生？”

[179]“好的，不过，嘿嘿……”潘达雷昂·潘托哈脸红了，“我有个好办法，咱们换个地方好不好，朋友？”

[180]“潘托哈先生？”秋秋蓓太太被汗水弄得满面

油光，“非常荣幸，请进，宾至如归，我们对顾客一律盛情招待，除了那些臭丘八，他们还想打折扣呢！你好吗，波费里奥？你这个强盗！”

[181]“潘托哈先生刚从利马来，是我的朋友，”波费里奥在她脸上吻了一下，在她屁股上拧了一把，“这位先生要在此地做生意，你知道吗？是个豪华的服务行业，秋秋蓓。那个矮个子叫秋毕托，是这儿的宠儿，先生。”

[182]“你还是叫我工头、酒吧老板、保镖的好，妈的！”秋毕托伸手拿起酒瓶，收拾起杯子，打开电唱机，把姑娘们赶到舞池去跳舞，“您还是第一次到秋秋蓓妓馆吧？希望您常来，今儿个姑娘不多，都去看弗兰西斯科兄弟了，就是在莫罗纳湖边竖了个大十字架的那位兄弟。”

[183]“我也去看过了，简直是人山人海，扒手们可丰收了。”波费里奥向别人打着招呼，“那位兄弟是个呱呱叫的演说家，听不太懂，倒是很感动人。”

[184]“无论什么东西一钉在十字架上就是祭品，钉在十字架上，它就升了天，死在十字架上的那个人就会收到。”弗兰西斯科兄弟唱着圣歌，“清晨起舞的蝴蝶、芬芳四溢

的玫瑰、黑夜闪光的蝙蝠、钻进人指甲里的疥虫，都可以钉上。姐妹们，兄弟们，为了我，竖起十字架吧……”

[185]“这个人怎么这么严肃？严肃的人是不会跟这个华人混在一起的。”秋秋蓓擦着桌子，让着位子，接着又娇声娇气地说，“秋毕托，拿瓶啤酒来，三只杯子，第一轮我请客。”

[186]“您知道秋秋蓓是什么意思吗？”波费里奥伸出舌尖吹起口哨来，“亚马逊地区一种最毒的蛇。您可以想象得出，这位太太对人类恶毒到了什么程度才能得到这么个外号。”

[187]“住口，流氓！”秋秋蓓微笑着把他嘴捂上，斟满杯，“祝您健康，潘托哈先生，欢迎您来依基托斯。”

[188]“毒蛇般的舌头，不过倒是我的好朋友。”波费里奥把墙上画的男女拥抱着的裸体画、破裂的镜子、红色的灯罩和椅子上五颜六色的流苏指给他看，“这个妓馆虽说有年头了，但在依基托斯仍算是最好的了。”

[189]“您可以看看剩下的这几个姑娘，”秋毕托挨个指着姑娘们，“在挑选姑娘上，秋秋蓓是有眼力的，先生。”

[190]“这音乐太好了，我的脚都发痒了，”波费里奥站起来，扯起一个姑娘的臂膀，抱向舞池就跳了起来，“对不起，我得活动活动筋骨了。过来，小屁股。”

[191]“我可以请您喝杯啤酒吗，秋秋蓓太太？”潘达雷昂·潘托哈满脸堆笑，低声说道，“如果不麻烦您的话，我想向您打听几件事。”

[192]“这个波费里奥又讨厌又可爱，他没有钱，可他这一来，这晚上就热闹了。”秋秋蓓把一张纸揉成一团向波费里奥扔去，但是落在凳子上了，“我也不明白这些姑娘看上他什么了，都爱他爱得要命。您瞧，他跳得骨头都快散了。”

[193]“我只是想打听一下……有关您的生意……嘿……”潘达雷昂·潘托哈穷追不放。

[194]“噢，当然可以。”秋秋蓓严肃起来，表示同意，用眼睛打量着他，“不过我想您不会是到这儿来谈买卖的吧，可能是另外一件事吧，潘托哈先生？”

[195]“我头疼极了。”潘弟达蜷起身子，盖上毯子，“全身都散了架，又冷又热。”

[196]“你怎么能不头疼呢？你怎么能不发寒发热呢？我太高兴了！”波奇塔跺着脚，“快四点了才上床，一到家就跌倒了，白痴！”

[197]“你一连吐了三次，”雷奥诺尔太太在锅子、水池和毛巾之间跑来跑去，“全屋都是你的酒味，孩子！”

[198]“这是怎么回事？你要解释清楚，潘达！”波奇塔双眼冒火地走到床边。

[199]“我不是跟你说过了嘛，亲爱的，这是工作！”潘弟达在枕边苦苦哀求，“你很清楚，我是从来不喝酒的，也不喜欢在外面熬夜。喝酒、熬夜，对我来说也是一种活受罪，亲爱的！”

[200]“这么说你以后还要干了？”波奇塔眉眼乱动，马上就要哭出来了，“早上才睡，烂醉如泥，这可不行，潘达，我说这可不行！”

[201]“哎呀，不要吵了！”雷奥诺尔太太小心翼翼地保持着托盘上的杯子、水壶的平衡，“来，孩子，把这冷毛巾敷上，再把这健胃水喝下去，快，趁还有泡沫，喝下去。”

[202]“这是我的工作，这是上级给我的任务！”潘弟

达绝望了，消瘦了，声音嘶哑了，“我也讨厌这工作，你要相信我。可是我什么也不能对你说，你也别打听，否则我的前途就完了。请你相信我吧，波恰！”

[203]“你准是跟别的女人在一起了！”波奇塔放声大哭，“男人没有女人就不会喝到天亮。我敢肯定，你一定和女人鬼混了，潘达！”

[204]“波恰，波奇塔！我头都要裂了，腰也疼。”潘弟达一手扶着额上的毛巾，一手在床下乱摸，拉过痰盂，呕吐起来，“你别哭，你这一哭我就有一种犯了罪的感觉，可我没犯罪，我向你保证，我没犯罪！”

[205]“闭上眼，张开嘴。”雷奥诺尔太太端着一只热气腾腾的杯子，一面吹着一面走来，“来，把这杯热咖啡喝下去，孩子！”